文字學家的殷墟筆記

03日常生活篇Ⅰ 食與衣

字字有來頭

ABOUT characters

國際甲骨文權威學者 許進雄
以其畢生之研究 傾囊相授

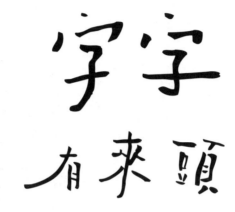

目次

2

3

4

5

推薦序

這是一部最可信賴的大眾文字學叢書

黃啟方（世新大學終身榮譽教授、前臺灣大學文學院院長、前國語日報社董事長）

文字的發明，是人類歷史上的大事，而中國文字的創造，尤其驚天地而動鬼神。《淮南子》就有「昔蒼頡作書，而天雨粟、鬼夜哭」的記載。現存最古早的中國文字，是用刀刻在龜甲獸骨上的甲骨文。

甲骨文是古代極有價值的文物，卻晚到十九世紀末（西元一八九九年）才發現。編成於西元一七一六年的《康熙字典》，比甲骨文出土時間早了一百八十三年，就已經有五萬多字了。

從東漢許慎把中國文字的創造歸納成「象形，指事，會意，形聲，轉注，假借」六個原則以後，歷代文字學家都據此對文字的字形、字音、字義努力做解釋。但是，由於文字的創造，關涉的問題非常多，許慎的六個原則，恐怕難以周全，所以當甲骨文出土後，歷來學者的解釋也就重新受到檢驗。當然，必須對甲骨文具有專精獨到的研究成就，才具備重新檢驗和重新詮釋的條件，而許進雄教授，就是當今最具有這種能力的學者。

許教授對文字的敏銳感，是他自己在無意中發現的。當他在書店的書架上隨興抽出清代學者王念孫的《廣雅疏證》翻閱時，竟立刻被吸引了，也就這麼一頭栽進了文字研究的天地，那時他正在準備考大學。

一九六〇年秋，他以第一名考進臺灣大學中文系；而當大部分同學都為二年級的必修課「文字學」傷腦筋時，他已經去旁聽高年級的「古文字學」和研究所的「甲骨學」了。

當年臺大中文系在這個領域的教授有李孝定、金祥恆、戴君仁、屈萬里幾位老師，都是一時碩儒，也都對這一位很特別的學生特別注意。許教授的第一篇學位論文《殷卜辭中五種祭祀的研究》，就是根據甲骨文字而研究殷商時代典禮制度的著作。他質疑董作賓教授與日本學者島邦男的理論，並提出殷商王位承傳的新譜系，讓文字學界刮目相看。然後，他又注意到並充分利用甲骨上的鑽鑿形態，完成《甲骨上鑽鑿型態的研究》，更是直接針對甲骨文字形成的基礎作探討，影響深遠，目前已經完全被甲骨學界接受，更經中國安陽博物苑甲骨展覽廳推尊為百年來對甲骨學具有貢獻的二十五名學者之一。

許教授於一九六八年獲得屈萬里老師推薦，獲聘為加拿大多倫多市皇家安大略博物館遠東部研究人員，負責整理該館所收藏的商代甲骨。由於表現突出，很快由研究助理、助理研究員、副研究員升為研究員。在博物館任職的二十幾年期間，親身參與中國文物的收藏與展覽活動，因此具備實際接觸中國古代文物的豐富經驗，這對他在中國文字學、中國古代社會學的專長，不僅有互補的作用，更有加成的效果。

談古文字，絕對不能沒有古代社會與古代文物研究的根柢，許教授治學兼容並蓄，博學而富創見。他透過對古文字字形的精確分析，解釋古文字的原始意義和它的演變，旁徵博引，都是極具啟發且有所依據的創見。許教授曾舉例說明：「介紹大汶口的象牙梳子時，就借用甲骨文的姬字談髮飾與貴族身分的關係；談到東周的蓮瓣蓋青銅酒壺時，就談蓋子的濾酒特殊設計；借金代觀世音菩薩彩繪木雕，介紹觀世音菩薩傳說和信仰。……」他在解釋「微」字時，藉由「微」字字形，從商代甲骨文、兩周金文、秦代小篆到現代楷書的變化，重新解釋許慎《說文解字》「微，眇也，隱行也」的意涵，而提出出人意表的說法：「微字原本意思應是『打殺眼瞎或病體微弱的老人』。古代喪俗。」而這種喪俗，直到近世仍存在於日本，有名的〈楢山節考〉就是探討這個習俗的日本電影。許教授的論述，充分顯現他在甲骨文字和古代社會史課題上的精闢與獨到。讀他的書，除了讚嘆，還是讚嘆！

許教授不論在大學授課或在網站發表文章，都極受歡迎。他曾應好友楊惠南教授鼓吹，在網路開闢「殷墟書卷」部落格，以「殷墟劍客」為筆名，隨興或依據網友要求，講解了一百三十三個字的原始創意與字形字義的演變，內容既廣泛，又寫得輕鬆有趣，獲得熱烈回響。

《字字有來頭》則是許教授最特別的著作，一則這部叢書事先經過有系統的設計，分為動物篇、戰爭與刑罰篇、日常生活篇、器物製造篇、人生歷程與信仰篇，讓讀者分門別類、有系統的認識古文字與古代生活的關係；再則這是國內首部跨文字學、人類學、社會學研究的大眾文字學叢書；三則作者是備受國內外推崇的文字學家，專論著作等身，卻能從學術殿堂走向讀者大眾，寫得特別淺顯有趣。這套叢書，內容經過嚴謹的學術研究、考證，而能雅俗共賞，必然能夠使中國文字的趣味面，被重新認識。許教授的學術造詣和成就，值得所有讀者信賴！

推薦序

中國文字故事多，《來頭》講古最精博！

何大安（中央研究院院士、語言學研究所前所長）

讀了《字字有來頭》這部書之後，我想用兩句簡單的話來概括我的體會。第一句是：**「中國文字故事多。」**

為什麼這麼說呢？這要從中國文字的特色說起。有人主張文字的演進，是由圖畫文字演進為表意文字，再由表意文字演進為表音文字。這是「起於圖畫、終於音聲」的一種見解，這種見解可以解釋某些拼音文字的演進歷程，自屬言而有據。不過，從負載訊息的質和量來說，這樣的文字除了「音」、以及因「音」而偶發的一些聯想之外，就沒有多餘的東西了。一旦發展到極致，成了絕對的符號，成了潔淨無文、純粹理性的編碼系統，這樣的文字，取消了文化積澱的一切痕跡，也就喪失了文明創造中最可寶貴的精華——人文性。這無異於買櫝還珠，也就不能不讓人感到萬分的可惜了。

好在中國文字不一樣，它不但擁有這種人文性，而且數千年來還在不斷的增長、生發。這種「增長的人文性」，源於中國文字的最大特點。這個特點，讀者未必想得到，那就是「方塊化」。

中國文字是方塊字。距今四五千年前，被公認為中國文字雛形的半坡、柳灣、大汶口等地的刻符，已經是縱橫有序、大小略等的「方塊字」了。而正因為是「方塊」，所以使他和其他的圖畫文字，如古埃及文字，從一開始，就走上了不同的演化道路。埃及文字是「成幅」表現的。「幅」中共組一圖的各個部件，沒有明確的獨立地位，只是零件。中國文字的「方塊」，則將原始圖畫中的部件抽象化，獨立出來。一個方塊字，就是一個自足的概念，一個表述的基本單位。古埃及文字中的零件，最終成為「詞」的很少，多半成了無意義的音符。中國文字中的每一個方塊，卻都成了一個個獨立自主的「詞」，有了自己的生命和歷史。所以「方塊化」是將「圖畫」進一步抽象的結果。從「具象」到「抽象」，從「形象思維」到「概念思維」，這是一種進步，一種文明程度的提升，一種人文性的展現。

所以，有多少中國字，就有多少最基本的概念。這是第一個「故事多」。中國字的傳承，經過幾千年的假借引申、孳乳派生，產生了概念和語義、語用上的種種變化。一個字，就有著一部自己的演變史；這是第二個「故事多」。

第三個多，就繫乎是誰講的故事了。《紅樓》故事多，那是曹雪芹所講。《聊齋》故事多，那是蒲松齡所講。中國文字反映了文化史，其關乎城闕都邑的，考古家能言之；關乎鐘鼎彝器的，冶鑄家能言之；關乎鳥獸蟲魚的，生物家能言之；關乎生老病死、占卜祭祀、禮樂教化的，醫家、民俗家、思想家能言之；但是集大成而盡精微，把中國文字講出最多故事來的又能是誰呢？在我讀過的同類作品中，只有《字字有來頭》的作者許進雄教授，足以當之。因此我有了第二句話，那就是：

《來頭》講古最精博！

各界推薦

這部書，是一座漢字文化基因庫

林世仁（兒童文學作家）

十幾年前，當我對甲骨文產生興趣時，有三本書讓我最驚艷。依出版序，是許進雄教授的《中國古代社會》、林西莉的《漢字王國》（臺版改名《漢字的故事》）、唐諾的《文字的故事》。這三本書各自打開了一個面向：《中國古代社會》將甲骨文與人類學結合，從「文字群」中架構出古代社會的文化樣貌；《漢字王國》讓甲骨文與影像結合，讓人從照片、圖象的對比中驚歎文字的創意；《文字的故事》則將甲骨文與散文結合，讓文字學沾染出文學的美感。

十幾年來，兩岸各種「說文解字」的新版本如泉湧出。但究其實，若不是「舊內容新編排」，就多是擠在《漢字王國》開通的路徑上。《文字的故事》尚有張大春《認得幾個字》另闢支線，《中國古代社會》則似乎未曾再見類似的作品。何以故？

因為這本書跳脫了文字學，兼融人類學、考古學，再佐以文獻、器物和考古資料，取徑既大，就不是一般人能踵繼其後的了。

這一次，許教授重新切換角度，直接以文字本身為主角，化成《字字有來頭》系列，全新和讀者見面。這一套六本書藉由「一冊一主題」，帶領讀者進入「一字一世界」，看見古人的造字智慧，也瞧見文字背後文化的光。

古人造字沒有留下說明書，後人「看字溯源」只能各憑本事。許教授勝過其他人的地方，在於他曾任職博物館，親手整理、拓印過甲骨。這使他跳出一般文字學者的訓詁框架，不會「只在古卷上考古」。博物館的視野，也使他有「小心求證」的能力與「大膽假設」的勇氣，後者是我最欽佩的地方。

例如他以甲骨的鑽鑿型態來為卜辭斷代，以甲骨文和犁的材質來論斷商代已有牛耕，以氣候變遷來解釋大象、犀牛、麛等動物在中國絕跡的原因，認為「去」

的造字靈感是「出恭」，都讓人眼睛一亮。所以這套書便不會是陳規舊說，而是帶有「許氏特色」的文字書。

文字學不好懂，看甲骨文卻很有趣。人會長大，字也會長大。長大的字和小時候經常大不相同，例如「為」原來是人牽著大象鼻子，有作為的意思（大概是要去搬木頭吧）；「畜」竟然是動物的腸子和胃（因為我們平常吃的內臟都來自畜養的動物）；「函」的金文作，是倒放的箭放在密封的袋子裡（所以才引申出「包函」）……凡此種種，都讓人有「看見文字小時候」的驚喜與恍然大悟！

書裡，每一個字都羅列出甲骨文或金文的不同寫法，好像「字的素描本」。例如「鹿」，一群排排站，看著就好可愛！還有些字，楷書我們並不熟悉，甲骨文卻充滿趣味。例如「龔」幾乎沒人認得，它的金文卻魔幻極了——是「雙手捧著龍」啊！類似的字還不少，單是看著它們的甲骨文便是一種奇特的欣賞經驗。

這幾年，我也開始整理一些有趣的漢字介紹給小讀者。許教授的書一直是我的案頭書。雖然有些訓詁知識對我是「有字天書」，但都不妨礙我從中看到造字的創意與文化的趣味。

漢字，是中華文化的基因，《字字有來頭》系列堪稱是一座「面向大眾」的基因庫。陳寅恪曾說：「凡解釋一字，即是做一部文化史」，這套書恰好便是這句話的展演和示例。

各界推薦

一字一故事，見得世間萬物

吳瓊雯（臺北市立松山高級工農　國文教師）

臺大的共同教室，是就讀中文研究所的我最初學習甲骨文的地方。猶記得教室的光影婆娑，更記得進雄老師講解著甲骨拓片上的鑽鑿型態，和那些好像圖畫又似符號，先人所使用的文字。

我最喜歡老師所解釋的這個字，哭（甲骨文字形❶）。有如兩張嘴巴同時在哭，中間是一位頭髮散亂的人。慢慢的，後來的書寫發生錯誤，就成了一隻狗和兩張嘴巴（小篆字形）。我們家養了兩隻狗，我很愛狗，但是俗話說養兩隻狗會不吉利，而這說法根據的就是這個哭字，楷書體的哭，看起來像是兩口與犬。多虧了出土文物上的哭字，畫得那樣清楚，以及老師的解釋又是如此明確，從此我就心安

❶

的養兩隻狗。

後來，我在松山工農任教，有一次講解文言文「雞豚狗彘之畜」，想起老師對「彘」的解釋；這個字描繪野豬（甲骨文字形，小篆字形），上面是牠的頭，下面左右各是牠的蹄子，中間是箭，牠被人獵捕了回去；我將老師的詮釋傳承給學生，也屢屢將這樣理解文字的方式運用在教學。我的學生王聿晨說更喜歡閱讀文言文了，文言文真的非常奇妙，再簡單不過的小小文字，竟然能是一個詞，甚至是一句話的意思。

因為老師的教導，我理解了文字所蘊含豐富的事、理、情，在我的學習和教書歷程裡，認識文字、詮釋文字，變得好有趣。有些字，除了創字者賦予它本身的意義，在我的生命裡，它有了回憶，有了故事。

老師的書，匯集、整理和詮釋許多文字，真的是「字字有來頭」，每一個字的意思都好豐富，布萊克的詩「一沙一世界，一花一天堂」這兩句話，可以再加上「一字一故事」了。天地之間的形形色色，都有它的定位，在老師對文字的詮釋下，讀者們閱讀老師的書，認識的不只是文字，更是世間萬物的事、理、情。

期待許老師的書一本又一本的刊行，把所有的文字一一詮釋。或許，某個字在某個人的生命裡，因為字義的連結，也有發展和延伸出它和他的故事……

自序

字的演變，有跡可循：淺談中國文字的融通性與共時性

自加拿大皇家安大略博物館退休後，返臺在大學中文系授課，其實已是半退休狀態，本以為從此可以吃喝玩樂，不必有什麼壓力了，不想好友黃啟方教授推薦我為《青春共和國》雜誌，每個月寫一篇專欄，介紹漢字的創意，對象是青少年學生。本來以為可以輕鬆應付，不料寫了幾篇以後，馮社長又建議我編寫同性質的一系列大眾文字學叢書，分門別類介紹古文字以及相關的社會背景。我曾經出版過《中國古代社會》，也是分章別類，探討古代中國社會的一些現象，兼介紹相關的古文字，可以以它為基礎，增補新材料，重新組合，大概可以符合期待，所以也就答應了。現在這套書已陸續完成，就借用這個機會來談中國文字的融通性與共時性，做為閱讀這套書的前導。

※本書所列古文字字形，序列均自左而右。

中國從很早的時候就有文字，開始是以竹簡為一般的書寫工具。但因為竹簡在地下難於長久保存，被發現時都腐蝕潰爛，所以目前所能見到的資料，都是屬於不易腐爛的質材，例如刻在晚商龜甲或肩胛骨上的甲骨文，以及少量燒鑄於青銅器上的銘文。由於甲骨文字的數量佔絕對多數，所以大家也以甲骨文泛稱商代的文字。商代甲骨文的重要性在於其時代早而數量又多，是探索漢字創意不可或缺的材料。同時，因為它們是商王室的占卜紀錄，包含很多商王個人以及治理國家時所面對的諸多問題，是關係商代最高政治決策的第一手珍貴歷史資料。

商代時期的甲骨文，字形的結構還著重於意念的表達，不拘泥於圖畫的繁簡、筆畫的多寡，或部位的安置等細節，所以字形的異體很多，如捕魚的漁字，甲骨文有水中游魚❶，釣線捕魚❷，撒網捕魚❸等多種的創意。又如生育的毓（育）字，甲骨文不但有兩個不同創意的

❶

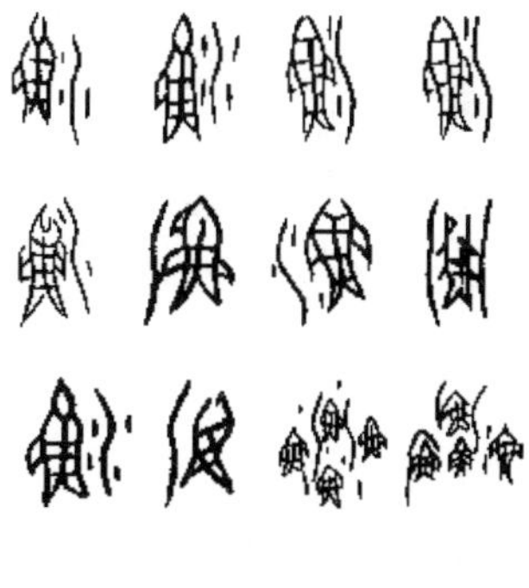

❷

❸

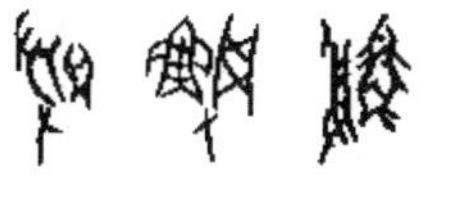

結構，一形是一位婦女產下帶有血水的嬰兒的情狀❹，一形是嬰兒已產出於子宮外的樣子。前一形的母親還有頭上插骨笄或不插骨笄的區別，甚至簡省至像是代表男性的人形，更有將生產者省去的，還有又添加一手拿著衣物以包裹新生嬰兒的情狀。至於嬰兒滑出子宮之外的字形，也有兩種位置上的變化。儘管毓（育）字有這麼多的變化，一旦了解到毓字的創意，也就同時對這些異體字有所認識。

又由於甲骨卜辭絕大部分是用刀契刻的，筆畫受刀勢操作的影響，圓形的筆畫往往被契刻成四角或多角的形狀，不若銅器上的銘文有很多圖畫的趣味性。如魚字，早期金文的字形就比甲骨文的字形逼真得多❺。商代時期的甲骨文字，由於是商王兩百多年間的占卜紀錄，使用的時機和地點是在限定範圍內，有專責的機構，所以每一個時期的書體特徵也比較容易把握，已建立起很嚴謹的斷代標準，不難

❹

❺

確定每一片卜辭的年代。這一點對於字形演化趨向，以及制度、習俗的演變等種種問題的探索，都非常方便而有益。

各個民族的語言一直都在慢慢變化著，使用拼音系統的文字，經常因為要反映語言的變化，而改變其拼寫方式，使得一種語言的古今不同階段，看起來好像是完全沒有關係的異質語文。音讀的變化不但表現在個別的詞彙上，有時也會改變語法的結構，使得同一種語言系統的各種方言，有時會差異得完全不能交流；沒有經過特殊訓練，根本無法讀得懂一百年前的文字。但是中國的漢字，儘管字與辭彙的音讀和外形也都起了相當的變化，卻不難讀懂幾千年以前的文獻，這就是漢字的特點之一。這種特性給予有志於探索古代中國文化者很大的方便。

西洋社會所以會走上拼音的途徑，應該是受到其語言性質的影響。西洋的語言屬於多音節的系統，用幾個簡單音節的組合就容易造出各個不同意義的辭彙。音節既多，可能的組合自然也就多樣，也就容易使用多變化的音節以表達精確的語意而不會產生誤會，這就是它們的優勢與方便之處。然而中國的語言，偏重於單音節，嘴巴所能發聲的音節是有限的，如果大量使用單音節的音標去表達意義，就不免經常遇到意義混淆的問題，所以自然發展成了今日表意的型式而沒有走上拼音的道路。

由於漢字不是用音標表達意義，所以字的形體變化不與語言的演變發生直接關係。譬如大字，先秦時候讀若 dar，唐宋時候讀如 dai，而今日讀成 da。又如木字，先秦時候讀若 mewk，唐宋時候讀如 muk，今日則讀為 mu。至於字形，譬如昔日的昔，甲骨文有各種字形⑥，表達大水為患的日子已經過去了；因為商代後期控制水患的技術已有所改善，水災已不是主要的災害了，所以用以表達過去的時態。

⑥

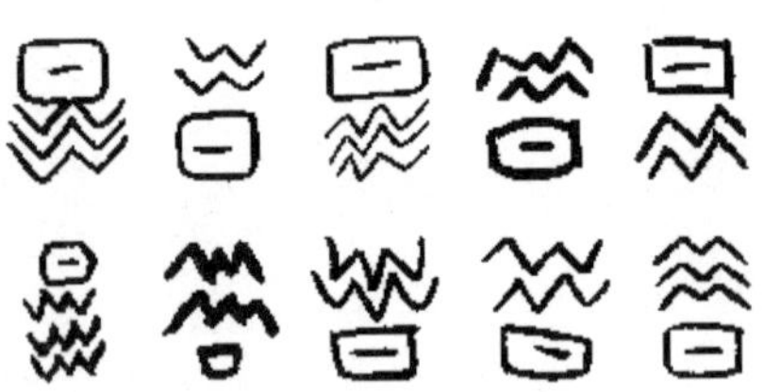

其後的周代金文，字形還有多種形象❼。秦代文字統一，小篆成固定的字形。漢代後更進一步改變筆勢成隸書、楷書等而成現在的昔字。幾千年來，漢字雖然已由圖畫般的象形文字演變成現在非常抽象化的結構，但是我們還是可以看到字形的演變是有跡可循的，稍加訓練就可以辨識了。

融通性與共時性，是漢字最大特色。一個漢字既包含了幾千年來字形的種種變化，也同時包含了幾千年來不同時代、不同地域的種種語音的內涵。只要稍加學習，我們不但可以通讀商代以來的三千多年文獻，還可以不管一個字在唐代怎麼念，也讀得懂他們所寫的詩文。同樣的，不同地區的方言雖不能夠相互交談，卻因其時代的文字形象是一致的，可以通過書寫的方式相互溝通。中國的疆域那麼廣大，地域又常為山川所隔絕，包含的種族也相當複雜，卻能夠融合成一個有共識、可辨識的團體，這種特殊的語文特性應該就是其重要因素。漢

❼

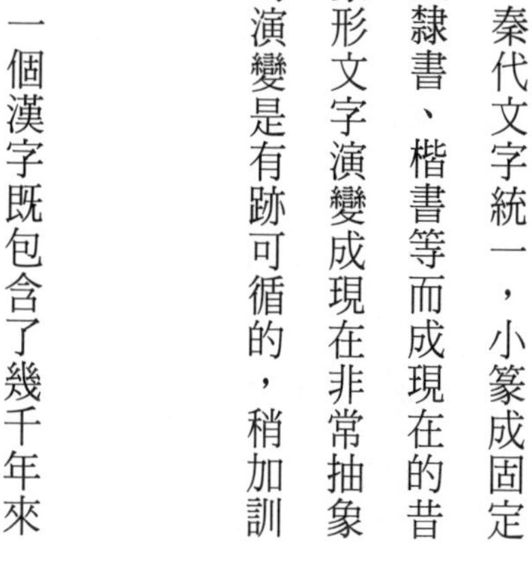

字看似非常繁複，不容易學習，其實它的創造有一定的規律，可以觸類旁通，有一貫的邏輯性，不必死記。尤其漢字的結構千變萬化，筆畫姿態優雅美麗，風格獨特，以致形成了評價很高的特有書法藝術，這些都不是拼音文字系統的文化所可比擬的。

世界各古老文明的表意文字，都可以讓我們了解那個時代的社會面貌。因為這些文字的圖畫性很重，不但告訴我們那時存在的動植物、使用的器物，也往往可以讓我們窺見創造文字時的構想，以及借以表達意義的事物信息。在追溯一個字的演變過程時，有時也可以看出一些古代器物的使用情況、風俗習慣、重要社會制度、價值觀念或工藝演進等等跡象。西洋的早期文字，因偏重以音節表達語言，以意象表達的字少，因而可用來探索古代社會動態的資料也少。中國由於語言的主體是單音節，為了避免同音詞之間的混淆，就想盡辦法通過圖象表達抽象的概念，多利用生活經驗和聯想來創造文字，因此，我們一旦了解一個字的創意，也就某種程度了解創字當時的社會背景與生活的經驗了。

1

食

老祖宗吃的
五穀雜糧

維持生命需要仰賴食物。尋找食物、生產食物，是人類最重要的活動。人類對於食物最初的考慮，是能不能充飢吃飽，然後漸及味道好壞，最後才講究營養、進食氣氛、用餐禮儀等更高層次。

生活在不同地區、不同年代的人，飲食習慣各有不同。飲食習慣取決於地理環境、生產技術、人口壓力以及文明發展進度；因此，飲食習慣也是辨識一個文化、一個社會的很好的標尺。從飲食習慣，可以約略看出一個社會的發展程度與水平。

農業社會的人，一大早就必須到田地工作，體力消耗很大，需要豐盛的食物補充能量，所以早餐最重要。然而在工商業社會，開始工作的時間比較晚，能量消耗也比較少，早餐的量就不必多。而夜晚是家人團聚的時候，有較多活動，於是漸漸形成晚餐最為豐盛的習慣。

在還沒有食物保藏措施的時代，夏天肉類容易腐敗，就要避免宰殺而多吃植物類食品。一旦食物冷藏技術發展起來，夏天不怕肉食腐敗，某些水果、菜蔬可以保藏到冬天，於是冬天與夏天食物攝取種類懸殊的現象，也就得到改善了。

探索古人食物的種類，考古是最直接的手段。但是食物殘餘能保存於地下的不多。現今靈長類動物主要食用植物性食物，依此推斷早期的猿人應該也不例外。透過考古研究南猿人的牙齒，得知距今五百五十萬年到七十萬年前，他們已開始吃動物性食物。不過，在農業尚未興盛前，人們主要以採集為生，以漁獵所得為輔；採集的植物大多是乾果和水果；至於漁獵的種類，因為遺骨比較難腐化，還大致有所了解。

一萬多年前，因為狩獵技術不斷改進，不少體型龐大的野獸都是人們捕食的對象。商代以前，獵捕的動物，以猴、豬、牛、羊、鹿、獐、犀、象、狗、虎、熊、貉、鼬、獾、獺、貓、狸、鼠、豹等較常見。一旦人口增加到狩獵不足以供應足夠的食物，人們就積極發展農業，並且愈來愈倚重植物性食物。

農業發展以後，除了豬、牛、羊、犬等家畜以外，經常被捕獵的野生動物，大致只是那些妨害農作的鹿、獐等等少數幾種了。

人類攝取食物的變化，從墨西哥提瓦坎河谷（Tehuacan）地區的例子可見一斑。在八千七百五十到六千九百五十年前，農業剛開始發展的時候，墨西哥提瓦坎河谷地區，人們攝取肉類、野生植物、栽培作物這三種食物的比例，分別約是54%、41%、5%。到四千二百五十年前，全年經營農業時，比例是30%、49%、21%。到一千二百五十年前，成為18%、17%、65%。很明顯的，肉食分量慢慢減少，栽培作物分量慢慢增加。

這個例子所顯示的食物攝取的變化進程，在中國應該也是差不多情況，從漁獵到漸漸懂得栽培各類穀類作物，最具代表性的穀類作物稱為五穀。

穀類作物是野生植物的變種，經過人工栽培而成功的。在有史的時代，穀物是維持人類生命最基本的食物。穀類作物有不同種屬，在不同環境下被培育成功；開始的時候種類必然非常多，有所謂百穀的稱呼。後來那些比較具有經濟價值或味道比較好的品種，人們樂於栽植而保留了下來。其他的品種就慢慢被淘汰，種植的種類也逐漸減少到九種、八種、六種、五種等。可能受到秦、漢時代五行學說的影響，五的數目就被用來概括所有日常食用的穀物，以致五穀成為漢代以來穀物的通稱。

至於哪五種穀類是中國最具代表性的作物，因為各地區種植的種類不同，受到重視的程度也不一，所以意見頗不一致。一般以黍、稷、稻、麥、菽為五穀，但麻也經常被包括在五穀之列。

食 ㄕˊ shí

甲骨文的食字❶，一件食器上面有熱氣騰騰的食物，以及加有蓋子的形狀，也有字形是水蒸氣冷卻後變成水滴滴下的樣子。

金文的食字，食器的圈足筆畫已向下延伸，所以小篆更加變形。《說文》：「，亼米也。从皀，亼聲。或說亼、皀也。凡食之屬皆从食。」分析成為从皀亼聲，或從亼、皀。又把皀字解釋為，《說文》：「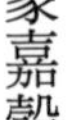，穀之馨香也。象嘉穀在裹中之形，匕所以扱之。或說皀，一粒也。凡皀之屬皆皀。又讀若香。」解說是用匕匙把穀粒從外殼中取出。然而，匕匙的作用是把菜餚從羹湯中撈起，不可能把穀粒從外殼中取出。《說文》根據晚出的錯誤字形，很難推斷出這個文字真正的

❶

創意。

食物蓋上蓋子，大都是為防止灰塵、異物掉落或保溫功能。簋（ㄍㄨㄟˇ），本來是裝盛飯食的器具，西周中期之後，偶爾會在圈足之下再加三個支足，器底還有煙炱（ㄊㄞˊ）痕，顯然是飯餚煮熟以後加熱保溫的用途。

禾 ㄏㄜˊ hé

禾是穀類作物的總稱。甲骨文的禾字❶，形狀是一株直稈直葉而垂穗的穀類植物。禾字的形態，有人以為近於黍，有人以為近於稻。

在文字的創造時期，中國人主要的活動區域在華北，華北主要種植的穀類作物是小米，而且以禾組合的表意字也以小米類的作物為主，所以禾字應是取形於小米類的作物形象。

金文禾字❷大致字形不變。《說文》：「，嘉穀也。以二月始生，八月而孰，得之中和，故謂之禾。禾，木也。木王而生，金王而死。从木。象其穗。凡禾之屬皆从禾。」

❶

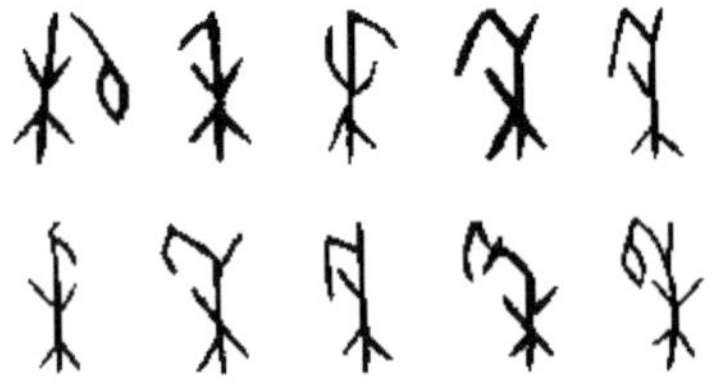

❷

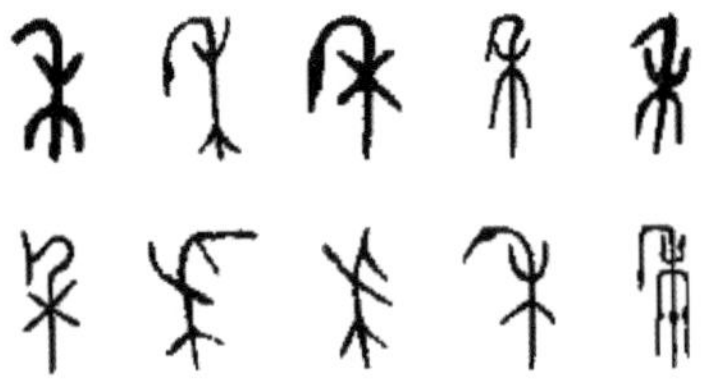

其實，禾的種類繁多，生長期也不一致，未必都是六個月，沒有必要附會解說禾的取名來自於生長期半年。甲骨文的禾字，不使用「受黍年」、「受稻年」等辭語，所以禾是對穀類作物的通稱，而不是特定的穀類。

秝 ㄌㄧˋ

lì

從兩個以禾組合的字，可以推論禾字的取形是哪一種類的植物。

甲骨文的秝字，是兩株禾並列的樣子。依文字創造的通例，以同形字並列或甚至三個相疊的，必然不是象形的意義，而是與該字所代表的物體的賦性有關。例如二人為並，三人為眾，二肉為多，三日為晶，三牛為犇（奔）等等。

《說文》：「，稀疏適，秝也。从二禾。會意。讀若歷。凡秝之屬皆从秝。」許慎解釋這個字的意義是稀稀疏疏。

從下一個歷字的創意，可以推論秝字的創意，來自禾的種植不能夠太密集，兩行之間需要保持一定的距離。

歷 ㄌㄧˋ lì

甲骨文的歷字❶，以秝與止組合，表現腳（止）可以走過兩行的禾（秝）之間的小路。如果是種植間距很密的樹叢或稻田，就不可能不受阻礙的通過。強行通過的話，會殘害植物生長。

金文的字形，或多一個遮蓋物，這可能受到字形相近的厤字的影響，或少了行走的腳步，就不能確實表現行走的情境了。《說文》：「，過也。傳也。从止，厤聲。」承繼金文的字形，沒有看出秝的部分的要點，把創意說成了形聲字。

❶

黍 ㄕㄨˇ shǔ

在甲骨卜辭以及先秦的典籍中，最常提到的穀物是黍。甲骨文的黍字❶，是一株有直立禾稈的植物形狀，但是和禾字不同。黍字的葉子向上伸而末端下垂，而且分叉的樣子更具體。這個字還經常包含有水的形象  。

學者以為，黍在商代是釀酒的主要原料，因此字形附加水滴或水的形象，以明確表示做為供給釀酒的用途。至於食用的則是硬殼裡面的穀粒，另有名稱，所以金文只見到一次 ，字形已經簡化了。

《說文》：「，禾屬而黏者也。以大暑而種故謂之黍。从禾，

❶

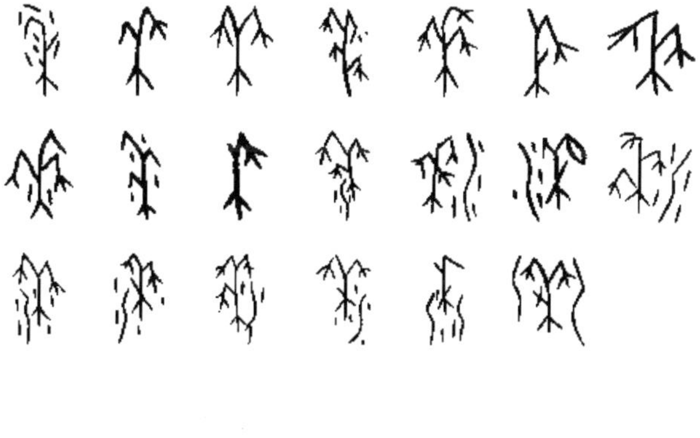

雨省聲。孔子曰黍可為酒，故从禾入水也。凡黍之屬皆从黍。」後世稱呼黍為小米，有黏與不黏的兩類。不黏的是日常煮飯的品種，黏的是釀酒的品種。

甲骨卜辭對於這兩類字形的使用意義並無不同，沒有黏與不黏的分別。《說文》說黍是黏的品類的名稱，恐怕不是原有的意義。因為東漢時代字形已經發生訛變，看不出是特別標明彎曲的葉子形象，只好以形聲的方式解釋。從甲骨文的字形，可以了解所謂「雨省聲」，或「禾入水」的看法都是錯誤的。

稷 ㄐㄧˋ jì

西周的文獻常以「黍稷」二字概括所有食用穀物的名稱。華北地區主要的糧食是小米，《說文》說黍是黏的小米，相對的，稷應是不黏的小米。但是甲骨文的情形不像是這樣。

甲骨文有稷字❶，由兩部分組合而成，左邊是禾字，右邊是兄字。甲骨文的兄字是祝字的字形之一，表現一個跪坐的人，兩手前伸，頭上特別標示嘴巴；表明這個祝者，需要用嘴巴念禱告文字。

稷字與兄（祝）字的聲韻都不在同一個韻部，所以稷字比較可能是一個表意字。稷字在商代卜辭中是個地名，而不是穀物名稱。

❶

稷的字形既然表現一位祝禱者在禾之前禱告的樣子，也許稷是一處向禾神祈禱農業豐收的廟址。祝字與稷字，創意的差別在於他們所祈禱的神靈不同。祝為祖先神，稷可能為農業神。

周族是在發展農業以後才強盛起來的。傳說的周人祖先棄，在帝舜時候當過主管農業的官。也許農業官員的職務包括向禾神祈求豐收，所以稱呼其官職為后稷（司稷），司理稷的事務。棄是周氏族第一個成名的人物，可能在農業方面有很大貢獻，所以周人紀念他，視之為農業神，並以他的官職做為當地食用的穀物的名稱。

沒有土地就不能發展農業，也不能建立國家。周朝的人非常重視司理土地的社神與農業的稷神，所以合稱為「社稷」，以之代表國家。後來才習慣以稷指稱顆粒較大的小米。

金文字形把祝者的形象換成戴面具的鬼形象，那就比較像巫者的裝扮了。同時又在鬼的身上加上像是女性的符號。《說文》：「，齋也。五穀之長。从禾，畟聲。，古文稷。」分析為形聲字。又分析畟字，雖然看不出是表現戴面具的形象，但知道是與治理農政有關的事務。《說文》：「，治稼畟畟進也。从田、儿，从夊。詩曰：畟畟良耜。」

稷可以說是周氏族興起以後才有的穀物名稱，一定是周人常吃的，與商人所稱的黍，可能大同而小異。黍稷既然成為一個辭彙，以至於有人以為稷是不粘的黍，株型與黍相似而稍異，是日常作飯之用。

今人所稱的稷，曾在碳十四測定西元前五千二百年的甘肅秦安遺址發現。可見稷確實是周氏族居住地域的穀物。稷的仁實比黍稍大一些，但是人們多半不會將稷與黍加以區別，而統稱為小米。

黍與稷雖常見於詩歌篇章，但不見於銅器的銘文。想來商周時候的黍、稷，都指稱連稈帶葉的植物本株，或釀酒的品類。例如《荀子・禮論》說：「饗尚元尊而用酒醴，先黍稷而飯稻粱。」以黍稷為釀酒的材料，而稻粱是作飯的材料。黍、稷不是已去外殼、可用來蒸煮的仁實，所以不見於以盛飯為目的的銅器的銘文，也不做為供神物品。

穆 ㄇㄨˋ

mù

與禾類相關的還有穆字，金文字形出現很多次❶，字形是表現禾的穗子已成長飽滿，因重量而垂下的樣子，而且仁實也長了細毛。

禾類早期的外觀與雜草近似，有時連有經驗的農人也不能立即加以辨識。等到禾生長成熟、穗子飽滿而下垂的階段，一般人都能輕易分辨禾與雜草了。仁實飽滿的禾，是人們所期盼的，所以有可以尊敬的美德的意義。金文銘文都是做為偉大殿堂的名號或死者的謚號。

《說文》：「，禾也。从禾，㣎(ㄇㄨˋ)聲。」誤會為從㣎聲的形聲字。

❶

至於㐱字，《說文》：「㐱，細文也。从彡、㐱省。」也不知道原來是表達穀穗成熟而有細毛的樣子。

稻 ㄉㄠˋ dào

甲骨文與「受黍年」對應的「受稻年」的稻字❶，字形是一些米粒在一個窄口細身尖底的陶罐上的樣子。金文字形如下❷。商代的穀類作物主要是小米與稻米兩大類，而且在金文的銘文裡假借為蹈字使用，可以肯定這是後來改為形聲的稻字。

現在可以了解為何甲骨文的稻字如此創造了。稻子是華南的產物，運輸往遠方的品物，要儘量減低成本，所以先把不能食用的枝葉拿掉，只把稻米的仁實裝罐運到北方。華北地區的人們只見到稻米的仁實，並不知道稻子長什麼樣子，所以不能畫出稻子植物的形象，而只能以裝在罐子的形象去表達。為了運輸方便，就把罐子製作得瘦

❶

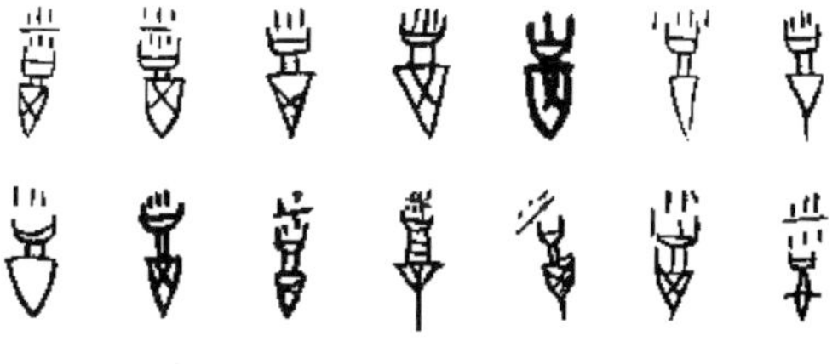

❷

長，節省安放空間。窄口是為了封口方便。尖底是為了傾倒方便。尤其是有些罐子還做成有把柄的形式，可以用手掌抓住把柄，把稻米傾倒出來。

金文字形可以表現字形演變的步驟，先是承繼商代的字形，接著把罐子變換成聲符，最後是把米變換成禾的意符，就成為現今的形聲形式的稻字了。

《說文》：「，稌也。从禾，舀聲。」分析正確。

中國發現稻米的新石器時代遺址很多，除少數地區以外，其他都是屬於長江流域或以南的地區，氣候比較溫暖，適合水稻喜濕熱的特性。根據對古代氣候的研究，從商代以後，氣候就日趨冷、乾燥，沒有再恢復過去幾千年的溫暖。但是根據文獻，稻作區不但沒有因氣候趨冷而南移，反而有北移的趨勢。戰國時代，稻作區域的北限竟然達到北緯四十度（如今北京的緯度）。

這種氣候趨冷而稻作區反而北移的矛盾，大概是兩個因素造成。一是稻的品種經過改良，栽培出較為耐乾旱、耐寒的旱稻。一是發展了可以長期供水的水利設施，稻田所需的水分可由灌溉提供，不必完全依靠適時的降雨。灌溉系統對於稻作發展的重要性，《戰國策．東周策》有記載：「東周欲為稻，西周不下水，東周患之……今其民皆種麥，無他種矣。」說得很清楚，華北地區被迫選擇種植稻米以外的穀物，主要是受到供水條件限制。

新石器遺址發現的稻米，也有黏與不黏兩種品種。不知商代時候以什麼名稱來分別。目前中國發現稻穀而經碳十四年代測定的最早遺址，是一萬年前的湖南道縣玉蟾宮遺址，已證實是目前世界最早的人工栽培稻標本。米的單位面積產量多，易於煮熟消化，可以養活大量人口，所以容易形成人口密集區。中國能成為人口密集國，與稻米的種植不無關係。

來 ㄌㄞˊ

lái

甲骨文有來字❶，作某種植物的形象。這個字很清楚的表現一株植物，有直稈以及對稱的垂葉，有時上頭還有穗子。這個字多做為到來、來往的意義，少數時候做為某種穀類作物的名稱。它有別於黍與稻，最可能是小麥的品種。可能因為是外來的品種，所以假借為來到的意義。

金文的字形如下❷，因為假借同音字表達來往的意義，為了區別，就加一個腳步和行道而成為。

《說文》：「，周所受瑞麥來麰(ㄇㄡˊ)也，二麥一夆(ㄈㄥˊ)。象其芒朿之形。

❶

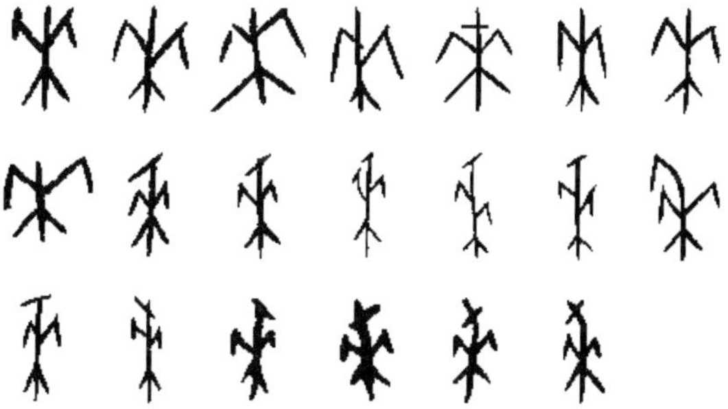

❷

天所來也，故為行來之來。詩曰：詒我來麰，凡來之屬皆从來。」很正確的指出來字是植物的形象，但所說的二麥一夆，應該是二垂葉一鋒比較正確。

許慎認為是天所來的品類而引申為到來，恐怕不對。農業栽培的穀類作物，都是人類改造野生品種而來；有可能是從境外引進的品種，因而引申為來到的意義。

麥 ㄇㄞˋ mài

甲骨文的麥字❶，在來字下面加上植物的根部，看似倒轉的止字形狀。因為在甲骨卜辭中，除了做為地名以外，都是做為穀類作物的名稱。所以倒轉的止字，形狀大致表現這種植物的根鬚有特色。

麥子的根鬚特別長，有時長達一丈多，可以深入地下吸取水分，所以在比較乾旱的地區也能生長。麥子在商代還很稀罕，甲骨卜辭有「正月食麥」的記載，由此推想，它是時節性的佳食，還不是一般日常食品。

在商代，小麥可能是發展不久的穀物。早期的新石器遺址，都見

❶

不到小麥的痕跡；只有遠離中原的新疆和甘肅民樂發現過。麥子不像其他穀類作物，常見於六、七千年前的遺址，因此「來」字有往來的意義，大半是外來穀物的引申。

《春秋》魯莊公二十八年記載「大無麥禾」，以麥與其他穀物黍、稷等的禾分別為類別，可能就是因為麥子是外來品種，而黍、稷等是中國華北的原生種屬。《逸周書．嘗麥解》：「維四月孟夏，王初祈禱于宗廟，乃嘗麥於大祖。」和商代的情形類似，麥是時節性的食物。穀物的祭品只提到麥，可以想見珍貴的程度比得上牛、羊等高級祭祀牲品。

兩周歌詠麥子漸多，《春秋》一書對於麥子的收穫比其他穀物更為重視。到漢代，小麥已是北方的一般食糧。麥子味美而耐饑。《戰國策．東周策》：「東周欲為稻，西周不下水，東周患之……今其民皆種麥，無他種矣。」說明華北地區被迫選擇稻以外的穀物作物，是受到供水條件的限制。也因而知道，麥子是華北地區取代小米的穀物。只有在供水條件太差，難以種植麥子的地方才種植小米，所以小麥終成華北的主糧。

麥字的金文字形❷有些已離析成左右的排列，小篆還保留原有字形。《說文》：「麥，芒穀，秋穜厚薶，故謂之麥。麥，金也。金王而生，火王而死。从來有穗者、从夊。凡麥之屬皆从麥。」

❷

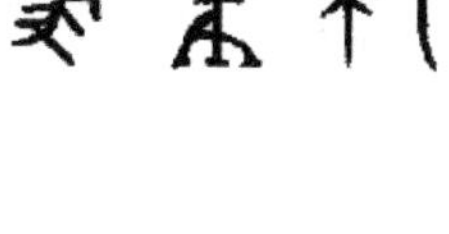

菽 ㄕㄨˊ shú

一般所說的五穀，最後一種是菽，字源是尗（ㄕㄨˊ）。可能因為豆類植物不被當做主食，也不用來供奉鬼神、饗宴賓客，所以沒有見到早期文獻提及。《說文》：「尗，豆也。尗象豆生之形也。凡尗之屬皆从尗。」

可能因為菽的字形形象不是很明顯，所以又有叔字的創造。金文的叔字❶，一隻手在摘取豆莢的樣子。《說文》：「叔，拾也。从又，尗聲。汝南名收芋為叔。叔，叔或从寸。」許慎以為這是形聲字。

早期的文字，「又」大都表現手的動作，沒有做為意符的習慣。所以叔字應是表意字，字形表現的重點在於撿拾的動作，所以意義是

❶

撿拾。

文字的演變，又字常加一道斜畫裝飾，而成為寸字，並成為通行的字形；但是叔字的這個從寸的字形卻不通用。西周的銅器銘文，叔字的意義是淑善。

西周時候，弔字被借用為貴族的爵號，也許弔字的創意是懸吊屍體讓鳥獸啄食腐肉的古代喪俗。後來覺得不恰當，就以叔字替代，所以加上義符艸，而成為菽字，加以區別。叔字後來又被借用稱呼父親的弟弟，因此又用來做為伯仲叔季的兄弟排行。

菽字原來可能指稱所有豆類植物。但是因為其中以大豆最具經濟與營養的價值，可以做為糧食的代用品，所以菽字常被用來專指大豆。目前發現有大豆遺存的遺址很少，在吉林永吉一處兩千五百九十年前遺址所發現的大豆，近於半野生的種類，還不完全是栽培種。

有人以為大豆是中國東部雨量較豐，或地勢低窪地區的原生植物。但是《戰國策・韓策》記載：「韓地險惡，山居五穀所生，非麥而豆。民之所食，大抵豆飯藿羹。」可知大豆是不適宜種植黍、麥的山區才種植的。大豆經過人們長期培育，已經成為耐乾旱的作物，才能夠在華北山區種植。

大豆既然是窮苦人家的代用食糧，商王當然不會用它祭祀而見於甲骨的卜辭。西周的貴族也不會用它宴客而記載於青銅的彝器銘文。

菽在戰國時代又稱為豆。可能因為菽的顆粒大於一般穀類的仁實，甚至大於其他種類的豆類，所以漢代就改稱為大豆。大豆雖然不如其他穀類可口，而且也不宜大量食用，但是因為栽種容易，在貧瘠的山地也能成長，所以農人常種植大豆以防乾旱，當其他穀物因為缺水而欠收時，大豆可以救急。大豆價格便宜，貧窮的人經常食用。幸好大豆養分高，提供窮人們必要的蛋白質。

麻 ㄇㄚˊ má

麻的種類很多，可以利用表皮纖維編織或紡織成各種精粗程度不一的麻布。麻是大眾縫製衣服的布料原料，也是重要的經濟作物。麻在不少地區比某些穀物還重要，所以有人也將它歸入五穀的行列。

金文麻字，屋中或遮蓋物之下有兩株表皮已經被剖開的麻的形象。《說文》：「，枲也。从𣏟、从广。广，人所治也，在屋下。凡麻之屬皆从麻。」解說得很對。如果只作𣏟的字形，就很容易與林字混淆，要想辨法加以區別。

麻的表皮被剖開以後要用水煮，或長久浸泡水中去除雜質、分析纖維，而且多半在家中處理。不像其他植物多在戶外種植，也多在戶外去穀殼、脫穀粒。因此，造字的時候，強調麻多見於屋中的特性。

人類利用植物纖維的歷史非常久遠。在非常早期，就已使用麻纖維搓成的繩索，拋擲石塊以獵殺野獸；至遲在舊石器晚期的遺址，已見到針眼很小的骨針，應該已經利用麻類植物纖維來縫製衣物了。

麻布的痕跡見於六千多年前仰韶文化的陶器底印痕。實物還見於五千多年前的吳興錢山漾遺址。麻的仁實可以生吃，也可以榨油。也許這是人們以麻和稻、黍等同列於五穀的原因。商代已使用燃油的燈照明，燈油大多是植物性的，所以那時的人應該已知道壓榨植物性的油料了。

㪔 ㄙㄢˋ sàn （散）

甲骨文的㪔字，是一隻手拿著棍子在拍打兩株表皮已經離析的麻植物的樣子。麻的表皮不容易用刀具剝取，要用拍打的方式，讓表皮和莖分離，才容易剝取。種植麻之後，就需要有文字表達這樣的動作。

甲骨文以後的字形，大致保持創字的構思。金文❶，《說文》：「，分離也。从林、从攴。林，分㪔之意也。」似乎沒有看出所拍打的東西是麻。金文還有一個音讀一樣，意義有點關聯的散字❷。《說文》：「，雜肉也。从肉，㪔聲。」以為是從肉㪔聲的形聲字。

❶

❷

根據金文字形，這個字並不含柭聲的成分，應該是表現手拿棍棒在拍打竹葉上的肉塊，打成碎肉的情景。拍打碎肉的動作與目的，和柭字近似。一個是使痲的表皮分離成為纖維，一個是使整塊肉成為細碎的散肉。既然讀音一樣，不妨結合兩個字形使成為一字，代表兩方面的意思。

2

食

五穀雜糧的採收與加工

穀類作物有堅硬的外殼，必須去除外殼，才能取出穀仁食用。隨著農業進展，穀物食用量增加，從事去殼的工作便成為日常活動，有必要製作專用器具。

在華北一些最早期的遺址，例如西元前五千九百年的河南新鄭裴李崗，以及稍晚的密縣、鞏縣、舞陽，河北的武安磁山等古老遺址，都發現如左頁圖示這一套專為去除穀物外殼而磨製的石磨盤以及石磨棒。

磨盤的形狀大同小異，是一塊前後端修整為圓弧狀的扁平長版形，有時長板的一端比另一端稍大，有時一端作平圓一端作尖圓形。板下總有兩兩相對的半球狀突出小足。石磨棒則一如擀麵棍，大致是磨盤的一半長度有多。

石磨盤和石磨棒出土的數量不少，應是那時家家戶戶普及的用具。用法是把少量的穀粒放到磨盤上，雙手拿磨棒在穀粒上壓碾，去掉外殼而取得仁實。這種去殼方式得到的穀仁量不多，而且頗花費時間，穀粒容易在碾壓時逸出盤外，不是很理

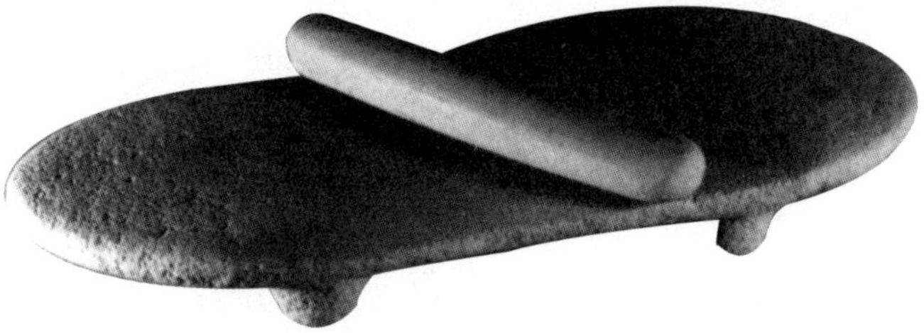

石磨盤與磨棒
磨盤長 52.5 公分，磨棒長 28.5 公分，
河南舞陽賈湖出土，約西元前8000-前7500年。

想的工具。不過，這時農業雖已脫離初期階段，但只在山坡小面積耕作，輔以漁獵活動，尚未進入完全依賴農業維生的階段，日常穀物去殼量不多，石磨盤還足以應付需要。

到了西元前四千多年西安半坡和餘姚河姆渡遺址的時代，人們對農業依賴度大幅提高，糧食消耗量大增，以石磨盤少量脫殼，已不符經濟效益，不能不加以改良，因此便出現了效率更高的脫殼工具——木製或石製的臼與杵。舊式平板狀去殼工具不再出現於遺址了。

穗 ㄙㄨㄟˋ suì

穀類可食用的部分，長在植物最上端，非常方便採摘。把可以食用的穗子部分摘取下來，是必要的工作，也需要文字來表達與穀物採集相關的活動，目前還不見早期的字形。

《說文》：「，禾成秀，人所收者也。从爪、禾。，俗从禾，惠聲。」采(ㄙㄨㄟˋ)的字形表現一隻手在一株禾的上端的狀態，表達最原始的直接用手摘取成熟的穀穗的意思，所以才有禾穗的意義。這個字的字形與采字❶過於接近，采字是以手摘取樹上的果子或葉子，而且采（採）字的使用時機與對象更多、更廣，更常用，為了避免混淆，就另造一個形聲的穗字取代采字。

❶

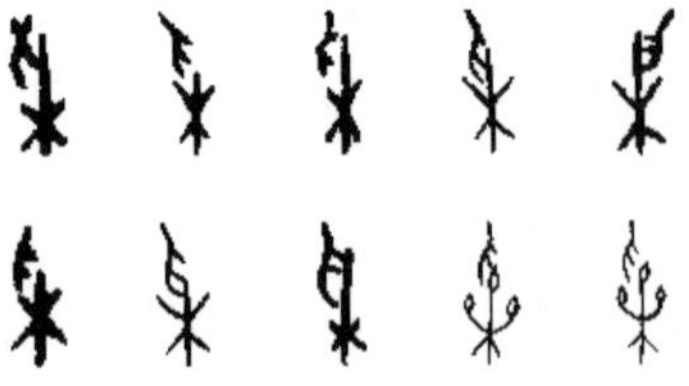

差 ㄔㄚ chā

穀類最原始的採收方式，是用手摘取穗子部分。到了新石器時代，農業較為發展，農作採摘量大，不能一直用手操作，就用蚌殼當工具去割取。後來因為氣候因素，人們北移華北，蚌殼材料不好取得，改為使用內彎的石刀摘取穀穗。後來又覺得只摘取穀穗部分，浪費了其他可以利用的部分很可惜，便進一步使用銳利的銅工具，連莖帶穗一起割下。相形之下，以手摘取穀穗或拔起整株禾莖，是沒有效率的錯誤方式，所以差字就引申有不好的意思。

金文差字❶，就是以手摘取或提拔整株禾的樣子。字形最先應該是，以手拔禾的形象。為了填補手邊的空間，讓字形的外觀方

❶

正，就以工或口填補空間。或為了讓字形更為繁複，就又加上車、犬等偏旁。《說文》：「，貳也。左不相值也。从左、𠂹。，籀文差，从二。」並沒有解釋字形何以有副二的意思。

利 ㄌㄧˋ lì

與差字意義相反的是利字。甲骨文的利字①，字形多樣，最繁的字形是一隻手把持住一株禾，以一把刀在根部把禾切割成兩段的樣子。較簡單的字形，有時作有成熟而下垂的穗子的樣子，有時在刀子的上下還有幾個小點，表現切割的時候產生的細碎雜物。

利字包含「銳利」與「利益」兩層意義，前者來自於割刀的銳利，後者來自於提高收割速度的利益。把莖稈連帶穗子一起收割，要有相當銳利的刀才辦得到，同時禾稈也可以充作其他用途，例如餵食牛羊或當做薪柴使用。

①

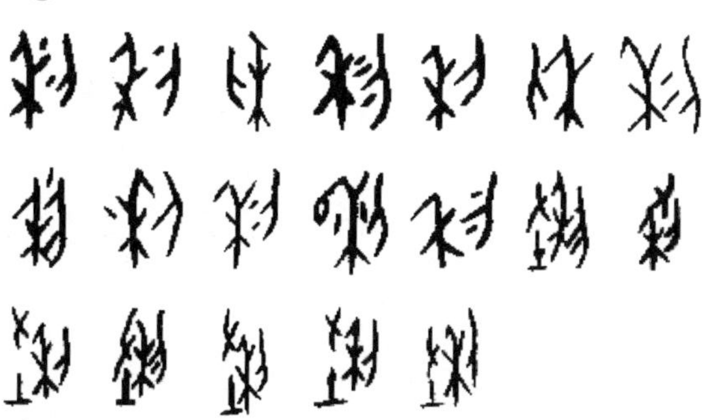

金文的字形❷，已經把手和禾的根部省略了。小篆則連小點也省掉。《說文》：「，銛也。刀和然後利。从刀、和省。易曰：利者義之和也。，古文利。」許慎不知字形是在表達使用銳利的刀具切割禾稈的情境，而以為是以刀與和的省形的會意。

❷

釐 ㄌㄧˊ
lí

經過長期辛勞耕作，終於可以收穫，讓生活獲得一段時間的保障；對於農業社會的人來說，沒有比這更加快樂的事了。所以商代就以收穫農作物的喜悅，來表示生活幸福。

甲骨文的𠩺字❶，一隻手拿著木棍拍打禾束以脫下穀粒的樣子，有時禾束還拿在另一隻手裡。這是把整株禾稈先割下來之後才能有的動作，顯然進入已有銳利切割工具的時代。有收穫才有收割工作，這是值得慶幸的喜事。

甲骨卜辭有求雨的問卜，問是否可以得到釐雨。收割的時候當然

❶

不希望有雨，所以釐雨應該是指適當時候的降雨，有利於穀物生長與成熟。

金文字形❷，還多出一個貝的字形。海貝是中國古代自遠地輸入，做為珍寶、貿易貨幣的物資。中國以農立國，稅收主要來自農業收入，豐收是整個國家都期盼的福氣，所以有福的意義。因為農業稅收是國家財政重要來源，所以也有治理的意義。後來加上里的聲符，成為現在的釐字。恭喜新年的喜字，其實應該寫這個釐字。

《說文》：「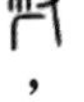，坼也。从攴、从厂。厂之性坼。果孰有味亦坼，故从未。」「，引也，从又，𠩺聲。」把這個字登錄為兩個字，「引也」的意義大致來自手拿禾的動作，「坼也」的意義大致來自穀物已成熟的狀況。但是《說文》似乎沒有看出這個字是表達打穀。

❷

年 ㄋㄧㄢˊ nián

農作物收成，是農民一年一度最重要的事，包括收割、曬乾、儲藏等一系列工作，都需在時限內完成，以免終年辛勞的成果，被風雨或其他因素毀損。因此要動員所有人力參與收成。

甲骨文的年字❶，表現的是一個站立的成年男子，頭上頂著一捆禾束，也就是一個成年人在搬運禾束的情狀。年字以男子搬運成熟的禾束做為造字創意，穀物收割了，就代表一年。

商代有「受黍年」、「受稻年」一類的句子，表達某種穀物的收穫季節。雖然不同的穀物有不同的收割季節，但是在商代，一個地區一

❶

年通常只有一次主糧收割。收穫的季節，是氏族社會計算年代的依據；年字從表示收割的季節，進一步引申做為表示一年的時間長度。

年字的禾與人這兩個構件，本是連結在一起的，慢慢就把人字寫得離開了禾字。金文的字形❷，經過字形演變，人身多了一小點，小點延伸成一道短橫畫，看起來像個千字。

《說文》：「，穀孰也。从禾，千聲。春秋傳曰，大有年。」就分析以為年字是從禾千聲的形聲字了。

❷

委 ㄨㄟˇ

wěi

農業發展初期，主要食物來源仍然是漁獵，男人必須外出工作，女人則幫忙收集野菜與野生穀物。等到農業較為發達以後，耕作農地、收割穀物等粗重工作，主要由成年男子承擔。

古代農業社會的男女分工情形，從墓葬情況可以得知大概。例如八千年前裴李崗期，男子隨葬器物多為石斧、石鏟、石鐮等，而女子隨葬器物則多為石磨棒、石磨盤等。由此可知當時男子是從事農業生產的主力，而女子則主理家務。

小篆的委字，表現一個婦女頭上頂著一捆禾束的樣子。《說文》：「，委，隨也。从女、禾聲。」並沒有掌握到創造這個字的真實用意，把它分析為形聲字。其實，委字與禾字是在不同韻部，不符合形聲字的形式。

委是一個表意字，表達婦女搬運收割後的禾束。一般女性體力不如男性，從事這種搬運大捆禾束的勞動，體力不堪負荷，因而有委任、委曲等意義。

季 ㄐㄧˋ jì

甲骨文的季字❶，結構與年字、委字一樣，一個小孩的頭上頂著一捆禾束的樣子。小孩的體力比婦女更弱，本不該從事收割、搬運等粗工，只適宜做一些比較輕鬆的工作，像是撿拾收割、搬運之後遺落的穗子。

遠古時候，男性、女性、小孩之間的分工是根據體力差異，沒有其他因素。除非氣候突然變化，下起雨來，不能不搶時間作業，才會動用小孩去搬運禾束。由於小孩是最後才會動用的人力資源，所以季字就被用來表達順序中最末的意義。

❶

序列、等第，是抽象的觀念，沒有具體形象可以描述，所以借用人力應用的次第來表達。季字後來也表示某段期間或季節末期，如季歲、季春、季夏等。

金文字形❷基本保持不變，偶有把季字分析並列的字形。《說文》：「，少偁（ㄔㄥ）也。从子、稚省，稚亦聲。」許慎理解為稚的省聲，是錯誤的。

❷

舂 ㄔㄨㄥ chōng

穀物採收之後，需要加工去殼，才能煮食。甲骨文的舂字❶，比較繁複的字形是一個人雙手拿著一把有把手的杵，在一個容器之上的樣子。這個容器應該就是臼，臼上的小點應是穀粒。舂字表達在臼中搗打穀粒的去殼工作。後來把人的形象改變為兩隻手，分別在杵的兩旁，表現用雙手搗打的動作。

金文字形，把杵寫成了午字形，讓我們了解甲骨文有些午字形是表達使用杵棒的物件。《說文》：「，擣粟也。从廾持杵以臨臼上。杵省。古者雝(ㄩㄥ)父初作舂。」解釋得完全正確。

❶

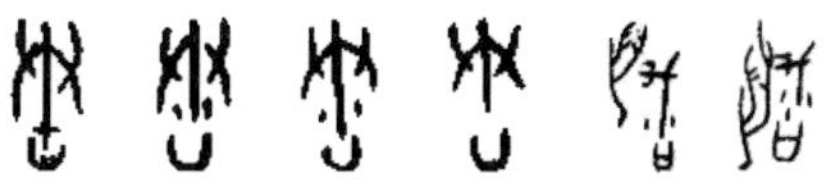

杵臼的進化，起初可能是把燒熱的穀粒放在一張獸皮上，用腳踐踏穀粒使外殼脫落。後來改良，挖一個坑陷做為臼坑，鋪上獸皮而後搗打穀粒。再進一步，就有了專用的杵與臼了。

西元前四千年的西安半坡和餘姚河姆渡等遺址，都發現了木製與石製的臼與杵。到了春秋末期鐵器普及，製作石磨變得更容易。《說文》說是公輸班發明了石磨來輾壓穀物，此後不但小麥可以磨成粉，其他穀物也可以輾壓成為粉末，用粉製作食物的飲食文化開始發展。

秦 ㄑㄧㄣˊ qín

甲骨文的秦字❶，雙手把持著杵在捶打兩個禾束的形狀。兩株代表多數，這也是文字創造的常用手法。杵是脫掉穀殼的工具，所以秦字的創意，不是把禾稈上的穗子顆粒打下來，而是製作可以食用的精米。

金文的字形❷，大部分是把直的杵形狀演變成為午字的形狀，偶有把雙手的位置變更。

《說文》：「，伯益之後所封國，地宜禾。从禾、舂省。一曰秦禾名。，籀文秦，从秝。」小篆的字形把兩禾簡省為一禾，是文

❶

❷

字簡化的常態。

秦國在周代被封為諸侯國，可想而知這不會是創造秦字時候的本義。秦字描繪搗打穀粒的具體工作情景，也並不是省簡舂字而來的。在甲骨文裡，秦字是一種祭祀的禮儀，大概是將已經去除外殼的新穀供獻於神靈之前的儀式。也有可能是扮演收割場面的豐收舞蹈，以感謝神的賜福。以新收穫的穀物祭神，是古代為政的大事。

米 ㄇㄧˇ

mǐ

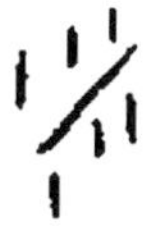

甲骨文的米字❶，六個顆粒的中間以一道橫畫隔開的形狀。小點代表東西很多，有可能是為了與小、少等字分別，所以用一道橫畫隔開。

現在以米稱呼稻米，但在商代，米字比秦字更常做為供奉祭祀的物品，而不是某種特定穀物的名稱。根據漢代的穀倉明器上的銘文有「黍米千石」字樣，推測米字原先指稱已去殼的穀物仁實，黍、稷、稻的仁實，都可以稱為米。這個階段的穀物仁實，才可以拿來蒸煮、食用。卜辭提到使用南囧的米以祭祀祖先祖乙（《合》34165，南囧指京城南邊的穀倉）。商代華北以生產小米為主，穀倉所存的糧大概也以

❶

小米為主，可見米也可以指稱小米的仁實。

《說文》：「米，粟實也。象禾黍之形。凡米之屬皆从米。」說像禾黍之形，應該修正為禾黍的仁實的顆粒形。金文不見米字，向來使用另一個字表達穀物的仁實。

粟 ㄙㄨˋ sù

甲骨文的粟字❶，作一株禾類植物的形象以及一些仁實的顆粒形。有人以為這個字形是黍字的另一種寫法。但是這個字不用於「受黍年」、「受稻年」一類的辭句，而是一種供奉鬼神的品物。從字形看，在禾的枝葉之間有三至四個圓形顆粒，一般情況是以小點代表細小的東西或水滴，但這個字卻不嫌麻煩的以顆粒的形式表現，多半就是要強調它表達打下來的顆粒，甚至是已去殼的仁實，是加工過的，可以立即拿來蒸煮、可以提供祭祀的穀子。表達的重點是穀類的顆粒，而不是植物的品種。

《秦律十八種倉律》有「粟一石六斗半可得好米八斗」的敘述。漢

❶

代的陶倉明器有「黍粟萬石」、「黍米萬石」一類的銘文。看來，粟字與米字的分別，在於粟是未去殼或只去殼但未精製的穀物，米則是精製的穀粒。而且粟字與米字都指稱任何穀類顆粒，與後世指稱米為稻米，粟為小米的用法不同。後世的粟，指的是黃、淡黃、青等不同顏色且顆粒比稷小的品種。在周代，粟還是未精製的穀粒，不適宜未加工就直接拿來祭神或蒸煮，所以銅器銘文也沒有提到粟這個字。

大概因為粟是任何穀類顆粒的名稱，先把禾的部分改成米，然後再把三個顆粒簡省為一個顆粒而成為現在的粟字。《說文》：「，嘉穀實也。从鹵、从米。孔子曰：粟之為言續也。，籀文粟。」沒有確實指出各個構件所表達的事物。

粱 ㄌㄧㄤˊ liáng

在甲骨文，米是已經脫殼的顆粒而可以做為祭品。銅器銘文不見米字，卻以粱字取代。或有可能米字已轉為稻子的名稱，所以才另造粱字替代。

金文的粱字❶，看起來是以米為意符的形聲字，表示是已經去殼的仁實。其他尚有刅（ㄔㄨㄤ），水，井等構件。看來，每個字形都共同有刅，像是以刅為聲符的形聲字。至於粱字和水字以及井字有何關係，則不清楚。

《說文》：「粱，米名也。从米，梁省聲。」「梁，水橋也。从木

❶

从水，刅(ㄔㄨㄤ)聲。古文。」也認為是從刅聲的形聲字。

青銅器銘文最常提到容器所盛裝的高貴穀物，是粱和稻。粱常被稱為黃粱，粟也以黃色為多，很可能兩字是指同一種穀物的不同處理階段。粱是精工製白的黍，粟是初步脫殼的黍。由於粱是品級高的小米，所以和稻米同等級，是周代貴族用來祭祀以及宴客的穀物。

看來，黍、稷、粟、粱，是指同一種類穀物的不同品種、不同加工階段。但是各時代使用的意義頗不一致。根據考古報告，發現粟的新石器遺址，包括：河北武安，河南新鄭、許昌、臨汝、淅川、洛陽、安陽，陝西西安、寶雞、華縣、彬縣、武功，山西萬縣、華縣，遼寧赤峰、旅大、北票，黑龍江寧安，甘肅蘭州、臨夏、永昌、玉門、永靖，青海樂都，新疆哈密，以及江蘇邳縣。發現黍的遺址，包括：遼寧瀋陽，陝西臨潼，山東青島，甘肅泰安，青海民和，吉林延邊。發現稷的遺址，包括：新疆和碩，甘肅蘭州、東鄉，黑龍江寧安。基本上都是較乾旱的地區，適合小米的特性。

3

食

煮食方法與煮食器具

在不懂得用火的時代，人類與野獸一樣生吃食物，唯一比較高明之處是懂得敲碎骨頭、吸食骨髓而已。懂得用火，不但大幅改變了人類的飲食習慣，也促進文明產生。煮熟的食物容易消化，養分容易被攝取，人類因而體質增強，頭腦發達，病痛減少，壽命增長。

人類遠在猿人階段，可能已經懂得用火燒熟食物。在雲南元謀猿人同一地層的不遠處，發現炭屑、燒骨、石器和動物骨骼，被認為是中國境內最早以火燒食的證據。這個遺址的年代或有可能早到一百七十萬年前。燒烤過的食物不但容易咀嚼，也增進食用時的味覺。人類一旦發現以火燒食的好處，很快就成為習慣。

人類懂得用火以後，升火燒煮食物是每天第一要事。除了最原始的直接燒烤法，還有石煮法、竹煮法。人們一步一步發展煮食方式、製造煮食器具、構築灶爐，這些與人們生活關係密切的事物，也一一創造出文字。

炙 ㄓˋ zhì

可以想像最原始的以火燒食，是把肉直接放在火上燒烤。《說文》：「，炙肉也。从肉在火上。凡炙之屬皆从炙。，籀文。」解釋得很對。字形就是一塊肉在火上直接燒烤的樣子，所以引申為直接接觸的意思。

後來人們也會在帶有火的灰裡煨熟食物。但這些方法不適合蔬菜，得另外想辦法。

肉 ㄖㄡˋ ròu

甲骨文的肉字❶，是一塊肉塊的形象。狩獵所得的野獸或家畜，體格都相當大，要分解成肉塊，才方便料理、搬運。

《說文》：「，胾（ㄗˋ）肉。象形。凡肉之屬皆从肉。」文字演變的習慣，先是添加一小點，又由小點演變成一畫。肉的字形和月很相近，月字呈半圓的外觀，肉則為直線。肉有時寫得近於月字，月字則沒有寫成肉字的例子。

❶

多 ㄉㄨㄛ duō

甲骨文的多字❶，畫出兩塊肉的形狀。多和少，是有關於量的抽象概念。古人選擇以兩塊肉塊來表達「多」，後人也無法抬槓問為什麼不用兩件別的事物表達。

金文字形❷，由於書寫體勢的習慣，直角線條多寫成微曲狀，而且也沒有小點或短畫，以至於被誤會為夕的月亮形象。

《說文》：「，緟也。从緟夕。夕者，相繹也，故為多。緟夕為多，緟日為疊。凡多之屬皆从多。，古文並夕。」解釋為多個晚上。

❶

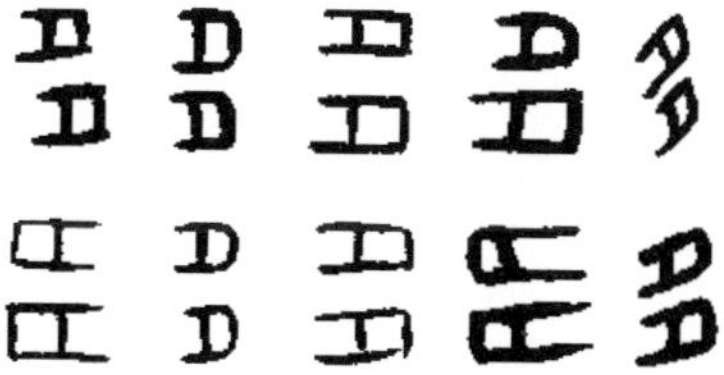

❷

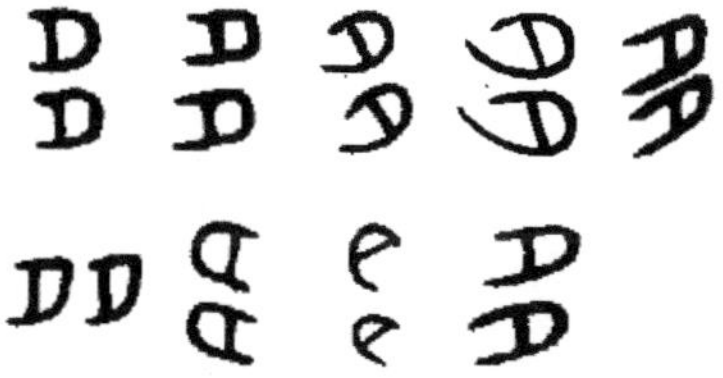

用兩個夕字來表達多的概念，當然也未嘗不可，只是甲骨文原本是用兩塊肉塊來表達。

庶 ㄕㄨˋ

shù

甲骨文的庶字❶，很可能是表達比燒烤更為進步的煮食方法。這個字以石與火組合，描寫火燒烤石塊的樣子。要先了解在野外燒煮食物的方式，才能進一步理解庶字的造字創意，以及為何會有「庶民」及「眾多」的意義。

在產業較落後的氏族社會，例如早期臺灣阿美族，外出打獵，不便攜帶炊具，就使用石煮法。先選取檳榔或椰子等大型葉子，折成船形容器，盛裝清水以及魚、肉、菜蔬等。接著撿取許多卵石，洗淨後用火燒烤。然後以竹箸挾取已經燒熱的卵石，放進船形容器中，石頭的熱透過水的傳遞，慢慢把食物燙熟。

❶

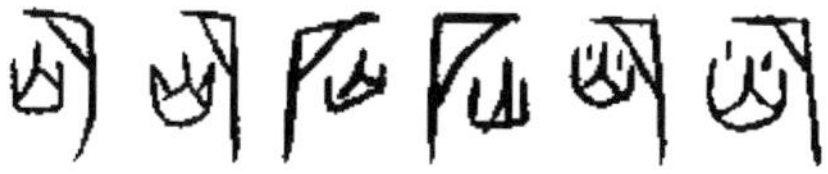

有些地區甚至日常也使用這種方法，在樹皮製作的筒中煮食。由於煮食的時候需要使用很多卵石，所以庶字有「眾多」、「為數甚多的平民大眾」等引申意思。

後來有了陶器，最先也還是使用很多卵石在容器中燙熟食物。這是從容器的形狀推論出來的。

線刻彎曲紋紅陶盂帶三陶支腳
盂高 16.5 公分，支腳高 12.5 公分。
河北武安磁山出土。
磁山文化，約 7000 年前。

約七千年前的河北武安磁山，出土一種帶三陶支腳的紅陶盂（如右頁圖）。這種陶盂是橢圓直筒形狀、平底。可以推測，直筒狀的造形，來自於樹皮圍成的筒子。有可能先是以石煮法在陶器中燒煮，替代不耐用的樹葉或樹皮筒；後來人們發現陶器也有傳熱功能，領悟到陶器加火燒食的便利性，可以不必燒那麼多卵石。很快人們又發現陶土如果滲入細砂，可以加速傳熱，於是開始使用陶器間接煮食。為了有效利用火力，後來的燒煮器具底部大都是弧底。

金文字形❷有幾個變化。首先是字形中「石」的變化：使用後來的石，替代簡易的石。簡易的石，字形有尖銳的稜角，清楚表達使用的特點。後來因為字形太過簡單，所以加上一個表達坑陷的口，加強表達石器挖掘坑陷的功能。其次是「火」的變化。第三是石上加了裝飾作用的一短橫畫。

❷

可能由於庶字裡的石，與後來的石有點異樣，因此《說文》解釋為房屋底下有火光：「，屋下眾也。从广、炗。炗，古文光字。」以為這個字是表現屋下有眾人（在使用燈火）的意思。

者ㄓㄜˇ zhě、煮ㄓㄨˇ zhǔ

甲骨文的者字，應該是後來從火者聲的煮字的源頭。這個字因為假借為語辭，在金文出現很多次❶，方便用來推論創意。大致是一棵蔬菜的形象。幾個小點表現水蒸氣或熱騰騰的水氣。口是容器。整個字表現容器裡有蔬菜以及熱水氣，與石煮法燒食物的表現相同。

《說文》：「，別事詞也。从白，聲。，古文旅。」許慎以為它的本義就是語辭，解說這是形聲字，從白旅聲。然而，旅字從來不見如此寫法，許慎的解釋顯然有問題。

❶

古時候還沒有熱炒的做法，蔬菜都是用沸水煮熟。食用時，用筷子或勺子把蔬菜、肉塊從鍋裡挾出來。所以代表筷子的「箸」字，是以竹的意符以及者的聲符組成，竹是箸的材料。再加上古時候燒煮菜羹，經常把多種菜蔬和肉類放進一鍋，因此引申有「諸」庶的眾多意義。

《說文》：「，孚也。从䰜，者聲。，或从水在其中。，或从火。」小篆的煮字，正體與或體的繁複字形，就像是者字底下有煙氣與水蒸氣上騰的三個支腳的鬲(ㄌㄧˋ)形。另一個現在通行的煮字，在者字下面加火，應是為了與做為助詞的者字有所分別，使煮食的意義更為明確。

香 ㄒㄧㄤ xiāng

與者字結構相似的有香字。甲骨文香字❶，字形是一個陶器上面有麥、黍等穀物的樣子。穀物的枝葉或仁實通常沒有香味，要到被燒煮熟了之後才會發出誘人食欲的香味，因此可以理解，馨香的意義必是來自已經煮熟的穀物。

《說文》：「，芳也。从黍、从甘。春秋傳曰：黍稷馨香。凡香之屬皆从香。」以為馨香的意義來自黍酒的甘美香味。但是麥子在商代還是稀罕的穀物，並不會用來釀酒。所以，香字的創意，比較可能來自於溫熱的黍飯才有的香味。

❶

這個容器不是進食用的，而是燒煮的器具。煮飯不能用石煮法，所以應該是在陶器外燒火的間接燒食法。利用陶器煮食以後，很多以前不能食用的菜蔬，能夠在陶器裡慢慢的煮熟，擴大人們進食的品類。

燮 ㄒㄧㄝˋ xiè

穀物不適合用石煮法燒煮，以前臺灣原住民族外出打獵，用竹煮法煮飯。做法是取一段竹節，裝入水和穀粒，用樹葉封口，然後把竹節在火上燒烤，燒烤到竹中清水燒開而穀物煮熟為止。用竹煮法煮的飯，清香可口，麻煩的是必須每次更換竹節。

甲骨文的燮字，正是一隻手拿著一枝細長的竹節在火上燒烤的情狀。用這種方法燒烤米飯，要等到竹節幾乎被烤焦才算燒熟了，所以有大熟的意義。

金文的字形❶，竹節形象已經訛變了，像是一個辛字或言字了，

❶

所以後來演變成兩個字。《說文》：「燮，大孰也。从又持炎辛。辛者物孰味也。」、「燮，和也。从言又，炎聲。讀若濕。燮，籀文燮从羊(ㄧㄤˊ)。」燮字的大熟是原本造字的意義，燮字的協和是假借的意義。其實都是同一個字的分化。

敦 ㄉㄨㄣ dūn

在第一冊《動物篇》介紹過的敦字，甲骨文字形是一隻羊在一座廟堂的前面。《說文》敦字的意義有兩個，一是熟，一是粥。根據字形，應該是表達把羊肉燉煮得熟透了才拿來祭神的意思。有了陶器以後，可以長時間用慢火煮熟食物，不但不易煮熟的東西可以慢火燒煮，米粒也可以慢火燒煮得稀爛，讓病人容易入口。

灶 ㄗㄠˋ zào（竈）

古代升火可不是件容易的事，得比現代人花費更多時間準備。燒食的設備稱為灶，廣義來說，燒煮食物的任何構造與地點，都可以稱之為灶。以火燒食，一定會留下炭屑與灰燼，與其到處都是灰燼，不如只讓一個地方弄髒。

爐灶與人們的生活關係最為密切。《論語・八佾》：「王孫賈問曰：與其媚於奧，寧媚於灶，何謂？」奧一般指稱房子的西南角，是適宜睡覺的隱密地方。灶則是燒飯的的場所，是人們活動最頻繁的地方，也是鬼神知道我們生活細節的地方。鬼神是不能得罪的，所以就形成每年陰曆十二月二十三日家家送灶神上天的習俗。

華北早期的房子是地下穴，主要功能是睡覺，其次是吃飯。由於人們習慣在隱蔽的地點睡覺，就把灶構築在進門的地點，留空間睡覺。一來從經驗知道這樣比較通風，生火容易得到氧氣助燃，二來也可以防止野獸竄入。但是把灶安置在門口，進出不方便，所以當家居構築技術愈來愈進步，房子離地面愈來愈近而面積也增大時，灶的地點就被移後，接近房子的中央。一旦房子完全建築在地面，泥土牆不怕火烤，又求通風排氣方便，灶就被移到角落。春秋時代以後，灶的構築地點，大致就被固定在屋後的角落了。

初期的灶，為了構築便利，幾乎都是圓形的，圓徑約略一公尺。在稍低或稍高於地面的一定範圍，使表面堅硬，或用石塊堆砌，以便設立腳架、放置鍋子。但是火在空曠的地點燃燒，熱量容易流失，浪費薪柴。人們從修建窯燒造陶器的經驗，曉得火在窯洞裡燃燒，可以節省薪柴，五千多年前在甘肅秦安大地灣的房子，就有這種形式的灶。其中一例，在房子中央稍偏後的地方，挖有兩個圓形灶洞，大的圓徑八十五公分，小的三十五公分，兩洞底部相通，深達六十公分。其構造與陶窯相同，大的洞可以容納一個人還有餘，而且洞內的牆角還有個放陶罐的洞，該是存放火種用的。小的洞放置鍋子。燒飯時候也許需要上下攀爬，很不方便；而且屋中有個大深洞，也有掉落進去的危險，並不實用，所以也不普遍。但是如果依照這種原理建築在地面上，就很理想，所以漢代以後大大流行，幾乎成為唯一的方式。

金文的竈字，一形作一個穴洞與一隻昆蟲，一形作一棟家屋與一隻昆蟲的結構。銘文使用的意義是創造的造，從字形可以理解本字應該是竈字。《說文》：「，炊竈也。从穴，鼀省聲。竈或不省。」

省聲的說法大致都是有問題的。顯然是一隻昆蟲的形象，大

半演變成為黽字。《說文》：「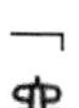，鼃黽也。从它，象形。黽頭與它頭同。凡黽之屬皆从黽。，籀文黽。」查看黽部所隸屬的字，都是龜蛙、蜘蛛一類的小爬蟲的名稱，應該是小形的爬蟲或節肢動物類的。

《說文》解說竈字是從鼀（蛙）的形聲字，但是蛙字與竈字的聲與韻都不同部，竈應是表意字而不是形聲字。那麼就可能表達在有洞穴的地方出現的小昆蟲了。

燒煮飯菜的地方不免有蟑螂出沒，而燒竈是一種如洞穴的結構，所以就以這樣的方式來創造竈字。後來大概覺得竈字筆畫太多，就創造了從火從土的灶字。後代燒竈就是以泥土構築建造的。

虎形青銅灶
高 160 公分，寬 46 公分，
春秋晚期，西元前六至前五世紀。

鼎 ㄉㄧㄥˇ dǐng

在介紹庶字時，談到用水煮食的演進過程，最先是燒熱卵石放進容器裡，容器最先使用樹皮圍成，後來改用陶器。石頭的熱透過水的傳遞，慢慢把容器裡的食物燙熟。後來發現陶器有傳熱功能，於是改良為用火燒烤陶器中的水來煮食。最先是臨時找來石塊，架設在鍋子底下，使有燒火的空間，又可以保持平衡。後來改良為陶製的支腳，最後為求一勞永逸，就把陶的支腳連接於容器的底部而成了鼎的形制。

甲骨文的鼎字❶，一看就知道是一個象形字。最上部分表現口沿上的兩個提耳，最下部分是兩個不同形式的支角。支腳上的短斜畫，是腳上的脊棱裝飾。最常見的鼎是圓腹三腳，這可在金文的圖形文字

❶

看出來。後來為了書寫方便，就以兩支腳表示。

金文字形❷，有最早的寫實字形，以及把提耳省略和其他種種變形。到了小篆，字形就固定了。《說文》：「鼎，三足兩耳和五味之寶器也。象析木以炊。貞省聲。昔禹收九牧之金，鑄鼎荊山之下，入山林川澤者，离魅蝄蜽莫能逢之，以協承天休。易卦巽木於下者為鼎。古文以貝為鼎，籀文以鼎為貝。凡鼎之屬皆从鼎。」解釋為形聲字，而把兩個支腳說成是木字切成左右的兩半，做為燃火的薪柴使用。

鼎的尺寸相差懸殊。陶製的鼎，受限於材質，大小差不多。但以銅鑄造的鼎，大小就很懸殊，商代曾見大至高一百三十三公分、長一百一十公分、寬七十八公分、重八百七十五公斤的大鼎；而小的才幾公分高，重幾十克而已。當然如此小的鼎乃是非實用性的明器或玩具。一般的鼎，高度在二十到四十幾公分，口沿的圓徑為十幾到二十

❷

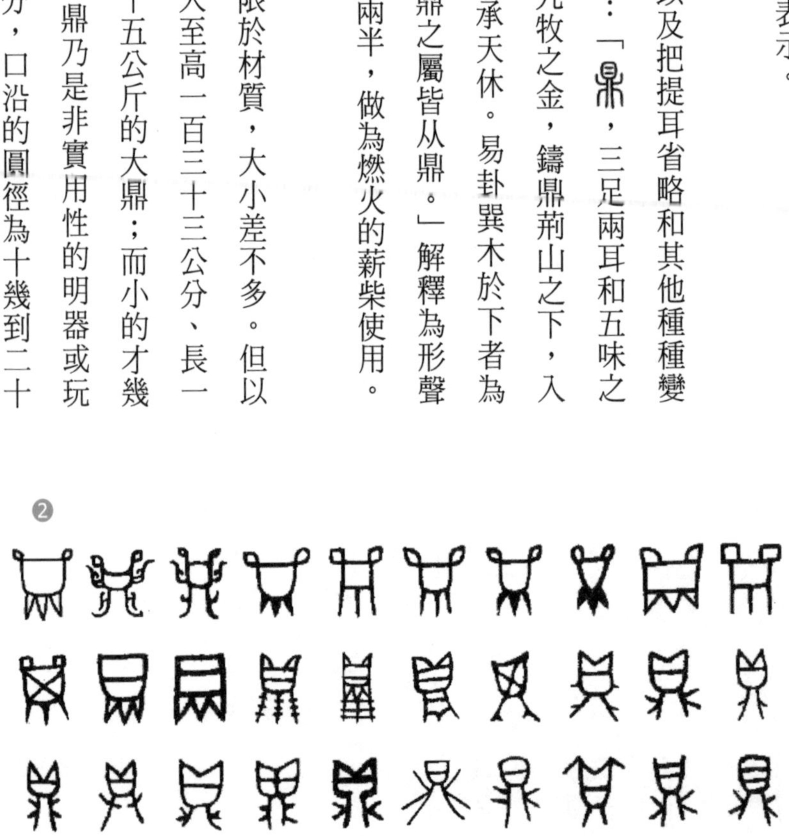

幾公分之間，腹的深度有十幾公分，重量有幾公斤重，可以容納幾公升的食物量。（如下頁圖）

鼎本身就是一個燒煮食物的活動的灶，可以移來移去，不限於固定地點使用。早期，晴天就在戶外煮食，雨天才搬進屋內使用；後來屋子面積加大，可以把永久性的火膛設在屋裡燒食，但用鼎來燒食仍然存在，一直要到漢代大量構築大型的豎灶，鼎的支足變得多餘，於是又恢復為八千年前沒有支足的鍋子形狀了。

聯結己字紋青銅圓鼎
高 33.9 公分，
商代，西元前十三至前十一世紀。

婦好銘饕餮紋青銅扁足方鼎
高 42.4 公分，
晚商，西元前十四至前十一世紀。

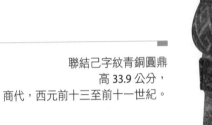

具 ㄐㄩˋ

jù

甲骨文的具字，兩隻手從下捧起一個鼎，或是從上面提起一個鼎的樣子。自七千年前開始有鼎，到漢代，長達八千年間，中原地區一直保持以鼎燒煮食物的習慣。換句話說，陶鼎是家家戶戶必備的燒食器具。主婦一早起床，就要捧著鼎去生火煮食，準備一家人用餐，所以具字有準備、配備等意義。

到了金文時代，鼎的字形起了很大變化❶，鼎的提耳漸消失了，鼎的支腳變成了兩直畫，像是一個貝字，甚至兩支腳完全消失了。所以《說文》：「，供置也。从廾，貝省。古以貝為貨。」分析成兩隻手捧著一個做為通貨媒介的海貝形。當然就不可能得到正確的答案。

❶

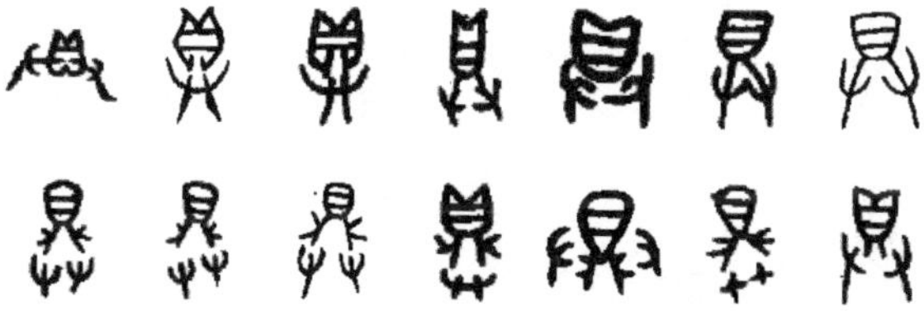

員 ㄩㄢˊ yuán

甲骨文的員字❶，一個鼎和一個圓圈的形狀。金文的字型保持不變❷。應該是圓的字源。圓的意義是抽象的，造字的人就借用大都是圓形的鼎腹來表達。

製作陶器，做成圓形要比矩形容易，尤其在轉盤上捏塑，可以做得渾圓規整。到了可以使用金屬鑄造時，鑄成圓形或方形，難易度沒什麼差別，才有因為講求變化而鑄成方形。不過，絕大多數的陶鼎都是圓形的，所以創造出意義為圓的員字。

《說文》：「員，物數也。从貝，口聲。凡員之屬皆从員。

❶

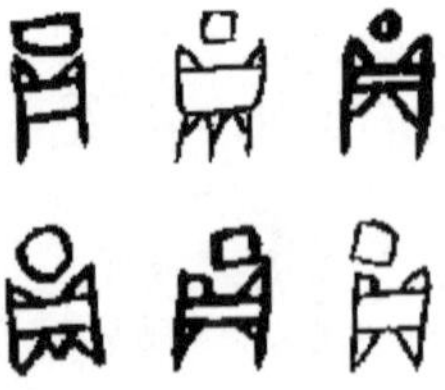

❷

，鼎，籀文从鼎。」解釋為計算事物數量的量詞，計數官員的數量。甲骨文的時代還很少見到量詞的使用，大都是不用量詞，或重複品物的名稱，如人三十，或人三十人。牛二十，或牛二十牛。所以員字的創意不會是文法上的量詞，而比較可能是方圓的圓。後來員字假借為官員數目的量詞，才另外創圓字加以區別。

鬲 ㄌㄧˋ lì

鬲是自鼎分化出來的器形。鼎的支腳是實體，而鬲的支腳則是中空的，或身子的下部有幾個明顯膨脹的凸起。

鼎本來是煮飯燒菜的器具，到了四千多年前，可能是為了節省柴薪，就把三個支腳作成虛空的袋足形式，空足的部分也就可以受熱煮食。這種形式的容器，比較適合燒煮穀類。

中國古代都是以羹湯方式烹煮菜蔬。蔬菜要加上肉、魚才會有味道，燒煮的時候還要以勺子時時加以攪拌，肉與菜才不會沉底而燒焦。如果容器周圍不平順，有幾處突出，攪拌的時候就會受影響，所以不便使用鬲狀容器，而要使用鼎去燒煮。穀粒就適合用鬲來燒煮，穀粒顆粒細小，沸騰而翻滾的水使穀粒不致於沉底，不必時時攪拌。甚至最後還要撤去柴火，覆蓋東西使裡頭的飯煨上一段時間，才會熟透好吃。

甲骨文的鬲字❶，數量不多，作一件容器的三個支腳是虛空的形狀。金文時代，鬲字就多見❷，雖然也能看出是一件器物形狀，但是漸漸看不出虛空的支腳了。因為鬲是使用火燒煮的器物，所以有的字形，支腳被訛變成為火。因為也使用金屬鑄作，有的字形就加一個金的意符。

《說文》：「，鼎屬也。實五穀。斗二升曰穀。象腹交文三足。凡鬲之屬皆从鬲。，鬲或从瓦。」還知道是一個象形文字，但不知是表現虛空的支腳。

❶

❷

煮飯器具是家家戶戶都需要的，所以遺址出土的數量非常多。在尺寸方面，不論是使用陶土製作或金屬鑄造，鬲的大小都差不多，可能是如果飯量太多就不容易熟透，也可能是一家人的飯量較有定量。不像鼎的大小就相差懸殊，可以供很多人食用，而多量的羹湯只要有足夠的時間燒煮就可以了。

饕餮紋青銅鬲
高 16.7 公分，口徑 13.3 公分，
河南鄭州出土，
商代中期，約西元前十四至前十三世紀。

徹 ㄔㄜˋ chè

甲骨文的盡字，一隻手拿一把有毛的刷子清洗一件器皿的樣子。用刷子可以把盤皿完全清洗乾淨，所以盡字就有完全的意義。

用鬲燒飯，可節省薪柴，但清洗起來比較費事，即使用刷子也清洗不乾淨，因為刷子伸不進中空的鬲足。就算能夠伸進去，也無法把殘餘米飯清除乾淨。

甲骨文的徹字❶，以鬲字與丑字組合。甲骨文的丑字❷，比較正確的寫法是一隻手掌的三根（代表五個）手指都向內彎曲的形狀，有的省略，只有兩根手指向內彎曲。這是要使力捏緊東西的動作，原義

❶

❷

應該是扭，被借用為干支的符號。

那麼，我們就可以了解徹這個字的創意了。要使用彎曲的手指伸進鬲的中空支腳，才能徹底把裡面的飯渣挖出，清洗乾淨。所以徹字又有徹底的意義。

金文字形❸，已把扭曲的手指誤寫為拍打的攴。小篆又加上彳的符號，以為與行道的通行意義有關。《說文》：「，通也。从彳、从攴、从育。一曰相臣。，古文徹。」小篆的字形又把較少見的鬲字誤成了常見的育字，所以沒有辦法解釋字形所表達的創意。幸好古文的字形保留下來，才能向前追尋到甲骨文時代的字形，了解這個字的創意來自於清洗鬲的中空支腳。

袋足器物於四千多年前在華北文化區開始流行，到了商代數量愈

❸

來愈少，袋足高度也愈來愈短，可能就是因為清洗不便。周代以後，袋足更為低淺，有的幾乎變成為實足而與器底齊平，只顯露一點器身的膨脹區隔而已。

漢代之後，鬲的器形就消失了。消失原因和鼎一樣，被立體的豎灶取代。

衛夫人變形獸面紋銅鬲
通高 10.6 公分，口徑 16.3 公分，南京市博物館藏。
西周晚期，西元前九至前八世紀。

盧（爐）

ㄌㄨˊ

lú

燒煮食物的器具，後來稱為爐子。甲骨文的盧字，大致有兩個類型，一個是原型❶，一個是加了聲符虎的形聲字型❷。

原型是一座爐子在支架上的形狀。從字形演變過程來看，早期字形，上部的田字形是爐體的形狀，下部是支架。因為筆順關係，爐子支架與爐體就成為同一道筆畫。這樣一來，爐子的形象變得不明顯，就再加一個虎的聲符。爐子是一種燒火的裝置，功能多樣，有熔煉礦石的煉爐，有燒飯的爐，有冬天溫暖手腳的手爐。

❶

❷

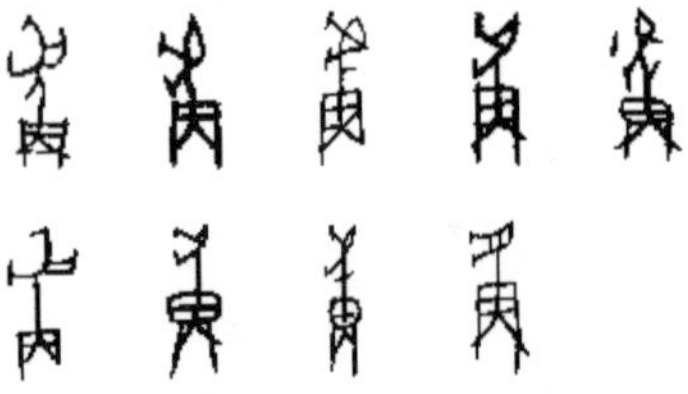

甲骨文有一個地名，寫法是一個爐子與一個鼓風的橐並列或上下相疊。一般燒飯用不著鼓風，煉爐需要高溫以熔解礦石，才需要鼓風設備。看來爐字原來是做為煉爐，燒飯菜使用鼎鬲；後來爐又發展出燒飯等用途，字形也開始分化。

金文的爐字❸，已是做為小型容器名稱，就加皿的意義符號。或是青銅製作的小型燒火器具，就加金的意義符號。《說文》：「，方爐也。从金，盧聲。」「，飯器也。从皿，从聲。，籀文盧。」鑪與盧，又成為不同器物的名稱了。鑪字後來改為較少筆畫的鑪字（陶製的）與爐字（燒火的）。

❸

青銅方爐
高 17.8 公分，
戰國時期，西元前 403-221 年。

青銅爐
高 12 公分，口 60.2x32.8 公分，
戰國晚期，約西元前三世紀。

青銅爐
高 36.8 公分，口 33.5 公分，
戰國晚期，約西元前三世紀。

說到燒煮食物的爐子，先秦時代出現一種稱為染爐的器具。這種爐子整組由幾件組成。爐子本身可以是方形或圓形，重點是底部有幾個箅ㄅㄧˋ孔，可以讓燒火造成的灰燼落在下方底盤，保持場地乾淨。這應該是在宴席場地使用的，所以有必要保持場地乾淨。如果是一般家用的，就不一定有這種顧慮。

爐上附有一個曲折形的長柄，大致是為了方便用手移動燒熱的爐子而設計的。爐上另有一件可以移動的耳杯。耳杯主要是盛裝醬汁類的佐料。古代肉塊都以水煮，不加佐料；也不是食用現煮的，而是吃冷的。食用的時候就將肉片蘸耳杯裡溫熱的醬汁來吃，使得肉片既有味道又是溫熱的。所以取名為染爐。功能類似現代的小火鍋。（如下頁圖）

陽信家銘青銅染爐
高 10.3 公分，陝西興平出土，
西漢中期，約西元前二世紀。

4

食

飲食禮儀與食器

燒食的器具不會在客人面前展現，無需講究外觀。飲食的器具則是擺設在客人面前的，饗宴時為了表現主人的財富，食器不但講究昂貴的材質與外觀的美麗，還要講究進食氣氛。這些飲食相關的禮儀與器物，也是重要的文化內涵。

飲食文化內涵，包括食器的質材與外觀、用餐地點選擇、進食次序、器物排列、進食禮儀，以及歌舞助興等等。古文字也反映了一些內容。

早期人們因為器物製造不易，個人擁有的器物不多，往往物盡其用，沒有固定用途。一件容器可以用來裝水、裝食物、甚至非食用的東西。一旦經濟豐裕，個人擁有的東西多了，才會習慣以某器物固定做某種用途，並且愈來愈講究。

對於飲食，商代的人已經注意講求進食氣氛了，到了周代，不但食物種類多，擺設方式也有一定的規矩。《禮記．曲禮》記載吃飯的禮節：「凡進食之禮，左肴右胾。食居人之左，羹居人之右。膾炙處外，醯醬處內，蔥渫處末，酒漿處右。以脯脩置者，左朐右末。」（進餐的食物陳設，帶骨的肉放在左前方，白切的肉塊放在右前方。乾的菜餚靠左手邊，羹湯靠右手邊。細切的肉條或燒烤的肉塊放得遠些，醋醬類放得近些。蔥末放在最後面。酒與羹湯放在同一邊。如果有醃乾的肉條，也是要整條的放左邊，末端或細碎的肉放右邊。）商代雖然未必有如此嚴謹的飲食禮儀，大致也有類似的擺設，貴族階級對於筵席中的各種器物，有一定的用途。

商周時代使用的炊具，有：鬲、甗、鼎、甑、釜、灶。盛食的器具，有：簋、簠、豆、皿、俎。盛酒的酒器，有：尊、彝、卣、壺、罍；溫酒則用爵、角、斝；調酒用盉；飲酒用觚、觥。盥洗具為盤、匜、鑒、洗等。其中有幾類是以象形字表達的。

卿ㄑㄧㄥ qīng、饗ㄒㄧㄤˇ xiǎng、嚮ㄒㄧㄤˋ xiàng

甲骨文的卿字❶，兩個人跪坐在食物之前相對進食的樣子。食物的部分，大都作一個豆容器上頭盛裝了滿滿的食物。偶爾作一個酒壺。相對跪坐的兩人，或作嘴巴張開的樣子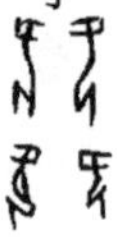。

金文字形❷，大致保持原有結構。《說文》：「，章也。六卿：天官，冢宰；地官，司徒；春官，宗伯；夏官，司馬；秋官，司寇；冬官，司空。从卯，皀聲。」解釋卿字的意義是卿士。但是在甲骨卜辭，這個字的主要意義是饗宴與相嚮（相向、相對）。

卿這個字，表達兩位貴族階級的卿士用餐的形象。貴族或有教養

❶

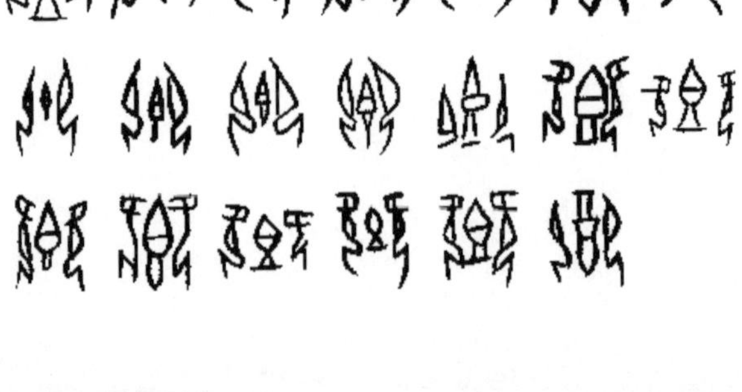

的人，要面對面用餐，不可以錯亂席次。所以《論語・鄉黨》篇，有「席不正不坐」的話語。

卿士、饗宴、相嚮三個意義，都和貴族用餐的禮儀有關。《說文》分析為從皀聲的形聲字，顯然是不對的。後來為了更確定各自的意義，在卿字之上加食與向，就分別成為卿、饗、嚮三個字。

❷

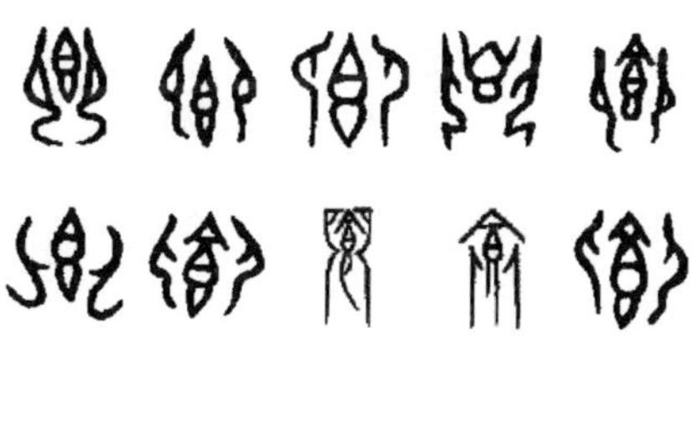

即 ㄐㄧˊ jí

甲骨的即字❶，形象是一個人即將進食，前往就位的動作，呈現已經到達而跪坐在食物之前的樣子，或是還未坐下的樣子。

即字是一種時態，也是抽象的意義，表達將進行某一件事情之前的時態。即字借用進食之前的動作，表達所有即將發生的狀況。這兩個字的表現，還是有時間上的前後關係，一個是已經就位了，一個是即將就位的狀況。

在甲骨文，我們發現，有即將的意思，而卻是人名。兩者是有區別的。所以金文❷只剩下一個已經就位的字形。《說文》：

❶

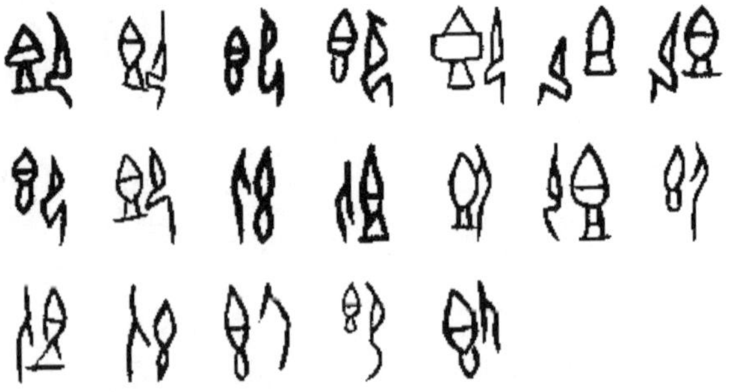

❷

「，即食也。从皀，卩聲。」因為不認識卩字是一個人形，所以把即字說成是形聲字了。

甲骨文的卩字③，根據多個含有這個字形的字來看，這絕對是表現一個跪坐的人形，卻被《說文》誤會是節字的原始字形。《說文》：「，瑞信也。守邦國者用玉卩，守都鄙者用角卩，使山邦者用虎卩，土邦者用人卩，澤邦者用龍卩，門關者用符卩，貨賄者用璽卩，道路用旌卩。象相合之形。凡卩之屬皆卩。」對於包含這個字形的字，全都解說錯誤。

我們從即字可以了解，跪坐進食，是古代用餐的基本禮儀。

③

既 ㄐㄧˋ jì

日常生活中，一件事已經做了、完成了，這種抽象的時態，需要有字來表達。甲骨文的既字❶，形象是一個跪坐進食的人，在食物之前，張開嘴巴或背對食物。

這個字表達某件事情、某種工作已經完成了。可以推理，張開的嘴巴表示已經用完餐了。也許這是古人的習慣。正式餐宴總是有人服侍，用餐的人跪坐不動，享用面前的菜餚；如果要吃擺放在較遠的餐點，就由侍者服務。餐畢，張口將頭轉向旁邊，表示用完餐，可以讓服侍人員撤去餐具，或甚至表示碗裡的飯已用完，想要再添一碗的意思。或用完餐後常會打嗝，轉頭打嗝，表示禮貌。

❶

金文字形❷，大都作張嘴而轉頭的形象，偶有身子背對食物的形象。《說文》：「，小食也。从皀，旡（ㄐㄧˋ）聲。論語曰：不使勝食既。」分析為從旡聲的形聲字。《說文》：「，飲食屰（逆）气不得息曰旡。从反欠。凡旡之屬皆从旡。，古文旡。」也知道旡的字形與吃飯有關，卻還是把既字分析為形聲字。

❷

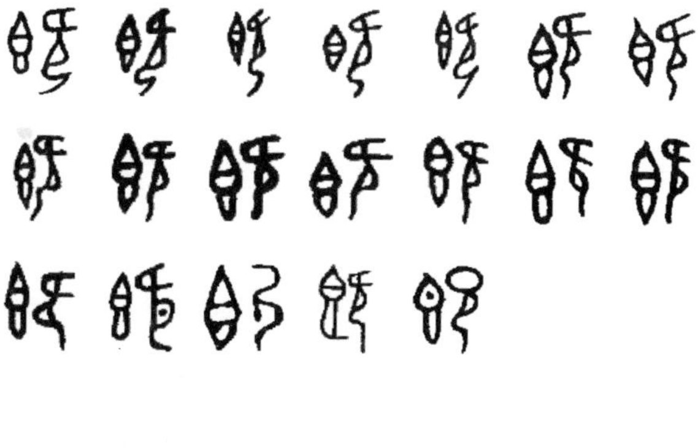

次 ㄘˋ cì

甲骨文的次字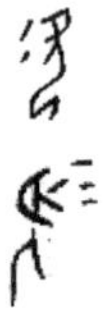，一個人的嘴巴有小東西噴出來的樣子，有跪坐或站立的字形，金文大都成了站立的字❷。《說文》：「，不前不精也。从欠，二聲。，古文次。」分析為形聲字，沒有多做解說。這個字，跪坐用飯的字形早於站立的字形。

古代筵席間不宜有失禮行為。《論語．鄉黨》有「食不語」的句子，吃東西的時候不要說話，因為人們共食菜餚的時候，邊吃邊說話，很可能唾沫或飯屑會隨口噴出，髒污了飯食。次字就是描繪吃飯的時候有食物從嘴裡噴出的不禮貌行為，所以這個字引申有「次等」的意義。等第是抽象概念，古人很巧妙的借用日常生活中不高尚的行

❶

為（嘴巴有東西噴出來），來創造文字。

先秦文獻談到宴會，也有關於種種失禮行為的記載，比較具體的如《禮記．曲禮上》提到：毋放飯（打算入口的飯不要放回共用的食器）、毋吒食（咀嚼時不要發出聲響）、毋嚙骨（不要啃骨頭）、毋反魚肉（吃過的魚肉不要放回去）、毋投與狗骨（不要把骨頭丟給狗啃）、毋固獲（不要專吃某樣東西）、毋揚飯（不要挑起飯粒以散熱氣）、毋刺齒（進食時不要剔牙齒）、毋絮羹（不要自行調和羹的味道）。

㳄（涎） ㄒㄧㄢˊ xián

與次字字形相似的有涎字。甲骨文的字形，一個站立的人，張開嘴巴，口水下流的樣子。最常見的情況是見到美味的餐食，不自覺唾液增多，流下口水。在貴族聚會中，這副模樣當然被認為是不雅觀的、失儀的。後來滴下的口水部分，被類化為水字。

《說文》：「，慕欲口液也。从欠、水。凡㳄之屬皆从㳄。，㳄或从侃。，籀文㳄。」可能因為㳄字的字形與次字只一點之差，容易混淆，所以另造形聲形式的涎字。籀文也有可能是要與次字的字形有所分別，就使用兩個水，強調口水很多。

次字的口水與食物有關，從下一個盜字也可以得到證明。

盜 ㄉㄠˋ dào

金文有盜字，由籀文的次與皿字組合。《說文》：「，厶（私）利物也。从次、皿。次，欲也。欲皿為盜。」沒有解釋得很清楚，說是一個人喜歡上別人的器皿，想要偷為己有。這是誤會了創字的重點。

盜字表現一個人見到盤皿中的美食，口水直流，禁不住想要偷偷品嘗一下。中國字為了講求方正外觀，所以把皿的位置稍為右移，看起來像是人站在盤皿上頭。

古代有個故事可以佐證創造盜字的情景。《春秋左氏傳・宣公四年》記載，子公與子家兩人將前往晉見鄭靈公，子公的食指突然顫動起來。子公告訴子家，每當他的食指這般顫動不停，就表示將有口福吃到特別的美食。進入宮殿，廚師正在處理黿(ㄩㄢˊ)鱉，兩人不禁相視開懷大笑。鄭靈公就詢問兩人嘻笑的原因。子公把剛才的經過述說了一下。鄭靈公故意要開個玩笑，竟然不招待子公吃黿鱉的羹湯。子公大為生氣，用食指伸進鍋裡蘸點湯汁送往口中品嘗了一下，才怒氣沖沖的走了。

春秋時代還沒有用筷子與湯匙吃飯、喝湯的習慣；吃飯是用手抓，喝湯就捧起來喝。所以子公很自然的就用食指蘸點羹汁品嘗。看到美味，口水變多是人之常情，所以盜字表達迫不及待想先嘗一口的心情。

盥 ㄍㄨㄢˋ guàn

漢代以前人們都是用手抓食物吃，因此吃飯之前要先洗手。甲骨文有盥字❶，一隻手在盤皿裡洗手的樣子。這個字的創意和盡字有一點區別。盡字是一隻手拿著一把毛刷清洗器皿的樣子，而盥字表達的動作不是清洗盤子，是洗手。

洗手要用雙手，所以甲骨文這個字造得顯然不是很貼切。到了金文，就改為用雙手，水點也轉化為水字，正確表現雙手在盤皿裡用水清洗的樣子❷。

水字在甲骨文主要是表現一條河流的形象。但是位置不固定的水

❶

❷

點滴，不符合文字規律化的要求，所以後來就以水字概括水點的意義。

《說文》：「，澡手也。从臼、水臨皿也。春秋傳曰：奉匜沃盥。」解釋很正確。

《禮記．內則》描述招待客人洗手吃飯的禮節，「進盥，少者舉盤，長者奉水，請沃盥，盥授巾」。由年輕人（可能僮僕）雙手捧著盤皿，年長的人（主人）雙手拿著水器的匜，倒水讓客人洗手；客人洗完手之後，又奉上手巾讓客人擦乾雙手。這是最誠懇的待客之道。

甲骨文另有一個類似的字形，意義還不是很清楚，所以無法與現在的同義字相對應。字形是一個有把手的曲形容器傾倒液體進入另一個盤皿的樣子，有時還加上雙手操作的樣子。從使用意義來看，表達的重點是添加（水進入另一個容器）的動作。研判這個字與

軍事的行動有關，有增加人員、補充人員之類的意義。可能是軍事場合增援人馬給某一個軍隊的狀況。雖然不確知、的意義，但是可以了解這個字所描繪的器物及用途，與用餐禮儀、洗手器皿都有關。

商代另有一種有流而如船形的容器，器口一端有斜伸出的寬流，另一端是把手；容器本體的剖面為橢圓形，下有圈足。這種器物都帶有動物頭形的蓋子（如159頁圖），其銘文從來沒有說明自身是何種名稱的器物。

起初，學者因為這個器物的形狀與周代銅器銘文自名為匜的容器非常相近，所以命名為匜。後來，這種器物的銘文自稱為「尊彝」，尊被認為是酒器，學者因此認為它是祭祀時候使用的盛酒器，不會是盥洗器具。而《經詩・周南・卷耳》又有「我姑酌彼兕觥」的句子，所以學界就開始稱呼這種器物為觥。

不過，從器具的形制來看，觥有寬流，是為了傾倒大量液體而設，這就比較不像酒器了。

在安排宴客的器具時，有洗手的盤，應該也有與之相配使用的水器，這水器會不會就是觥呢？

根據《儀禮．公食大夫禮》：「小臣具盤匜，在東堂下。」（僕人準備盤與匜，在東堂的下面。）周代貴族的房子，地基高出地面，分為上下層。筵席設在堂上，洗手的盤匜設在堂下，一來保持廳堂的乾淨，二來洗手的人群不會干擾到筵席的人群。

出土的文物也有盤與匜成套放置的。匜的銘文也有「為姜乘盤匜」

的句子，顯然盤與匜配套使用由來已久。商代晚期銅盤的數量不少，不應沒有與之配套的倒水的器具。除了沒有蓋子，也與觥的器形完全相同。沒有蓋子並不影響倒水，有蓋子反而累贅，除了少數有蓋子，很可能這就是後來匜都不配蓋子的主要原因。

有人主張觥也用於祭祀的場面，所以不會是盥洗器具。這個理由恐怕有些牽強。鬼神是人創造出來的，反映了人間的價值和習慣。人們既然用手吃飯，飯前要先洗手，鬼神應該也不例外。臺灣民間對於某些女性神靈，如床頭娘娘、七夕娘娘等，除供奉一般食品外，還要陳放毛巾、水盆、胭脂等。可見盥洗的器具並非絕不能出現於敬神場合。

漢代開始普遍用筷子吃飯，飯前洗手的匜也就消失了。

鹿頭蓋青銅觥
高 20.3 公分，長 26.5 公分，
加拿大皇家安大略博物館藏。
商代晚期，約西元前十三至前十一世紀。

銅匜，高 13.4 公分，口長寬 19.4x18.10 公分，
銅盤，高 12.8 公分，口徑 41.6 公分，
戰國早期，約西元前五世紀。

皿 ㄇㄧㄣˇ

mǐn

甲骨文的皿字❶，一個圓體而有圈足的容器形。有時還呈現有兩個提耳的形狀，想來是尺寸比較大而重，需要有提耳才方便提起、移動。

皿的大小沒有大致容量，也沒有固定用途，可以做為用餐器具，也可做其他用途，例如軍事會盟立誓時用以盛裝血液，甚至大到可以用來沐洗身體。

金文字形❷，器皿的提耳已有訛變，或加金的符號，標明是金屬鑄造的，不是陶土捏塑的。

❶

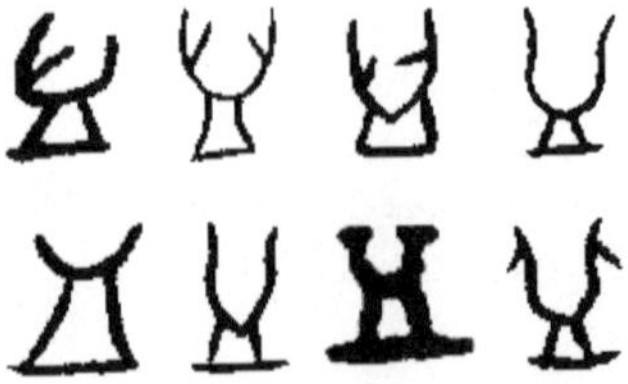

❷

《說文》：「皿，飯食之用器也。象形。與豆同意。凡皿之屬皆从皿。讀若猛。」只說到諸種用途之一而已。

豆 ㄉㄡˋ dòu

筵席一定有多道菜餚，商代的情形缺乏文獻記載，無從得知。周代的筵席規模，以《儀禮》所記載的〈公食大夫禮〉為例，諸侯宴請他國的下大夫吃飯，要擺出六豆（昌本、醓醢、韭菹、麋臡、菁菹、鹿臡），六簋（三黍、三稷），四鉶（二牛、羊、豕），七俎（牛、羊、豕、魚、臘、腸胃、膚），二簠（稻、粱），二鐙（大羹、醓醬），二醴（酒、漿），一觶以及加饌庶羞十六豆。如果宴請的是上大夫，就要擺出八豆，八簋，六鉶，九俎，庶羞二十豆，以及酒漿等物。盛裝菜餚的器具是多樣的，但是每個人都是把飯菜拿到個人面前的容器食用，這個容器就是豆。

甲骨文的豆字❶，也是一個圓體而有圈足的容器形，為了與皿字區別，就把容器的口沿給畫了出來，這是很多容器的基本外觀。豆是吃飯時最基本的食器，其他的器物就另外造字，另外給予名稱。

金文字形❷，把容器的部分寫成了圓圈，確實與皿字的字形更有區別，成為豆容器的獨特字形。圓圈是容器本體的部分，上面分離的一道短橫畫只是文字演變的常態。

《說文》：「豆，古食肉器也。从口，象形。凡豆之屬皆从豆。，古文豆。」解說是古代吃肉的食器，不夠全面。

從〈公食大夫禮〉可知，豆不單是個人用的餐器，也是多種食品的容器。豆的容量大致有一定的量，所以《考工記．梓人》說：「食一豆肉，飲一豆酒，中人之食也。」其他外形類似的容器，容量都比

❶

❷

豆大很多。

豆是個人用餐必備的餐具，是筵席中不能沒有的食器。所以《詩經．小雅．賓之初筵》：「賓之初筵，左右秩秩。籩豆有楚，肴核維旅。酒既和旨，飲酒孔偕」。（賓客開始就席，左右揖拜很有秩序。籩豆器具井然有序，菜肴很豐盛。酒溫和而甘醇，飲的人都很盡興。）食器獨獨提到豆。

根據古代銅器的圖紋，在饗宴場合，也是以高腳的豆做為進食用具。下頁圖左上角，一個站立的僕從撐傘為跪坐的主人遮陰。主人面前有兩個高足豆，接著是兩個客人舉杯向主人酬獻酒。周圍是奏樂和跳舞的人。

漢代以前，還沒有使用筷子吃飯的習慣，都是用手。如上圖的銅

戰國早期銅酒壺上的花紋。

器花紋，豆不是捧在手中使用的，是用筷子將菜挾到豆中，再用手取食。為了配合跪坐習慣，豆有比其他容器更高的圈足，更靠近跪坐的人的嘴巴，方便進食。

早期的豆很少有蓋子，到了戰國，裝飾美麗的高級的豆，普遍有蓋子。而且豆的蓋子可以倒置平放，成為另一件容器，蓋子的鈕就成為容器的足。豆的蓋子，主要功用可能不在於保溫熱或防塵，很可能與當時的飲食禮儀有關。

上文提到《禮記．曲禮上》有「毋放飯、毋嚙骨、毋反魚肉、毋投與狗骨」等用餐禮儀禁忌。相對就需要容器放置吃剩的骨頭殘渣。豆的蓋子設計為另一個容器的形式（如下圖），很可能就是為了這種用途。

漢代以後使用筷子吃飯，把飯碗捧在手中。高柄足的陶豆或銅豆重量太重，不便捧著，所以就被比較輕巧的碗取代了。可能因為豆漸漸不用做吃飯的食器，所以戰國時代就轉而稱呼豆類植物。漢代以後已不見豆形容器，也不再以豆指稱食器了。

嵌鑲黃金與綠松石的幾何紋青銅蓋豆
高 23.5 公分，
加拿大皇家安大略博物館藏。
東周，約西元前 400-300。

簋 ㄍㄨㄟˇ guǐ

封建時代，樣樣事物都講求階級分別，用餐自然也不例外。在周代，筵席的擺設反映用餐者的階級。天子是九鼎八簋，諸侯是七鼎六簋，大夫以下依次是五鼎四簋、三鼎二簋。

鼎和簋所裝盛的是主要菜色，所以就以之代表食器的排場。鼎本來是燒煮食物的用器，慢慢演變兼為陳列的用器。

簋的形制很像豆，尺寸卻大得多。如果純粹以器形的外觀來創造代表簋的文字，很容易與豆字混淆，所以甲骨文的簋字❶，形象是一隻手拿著一支匕匙，要拿取簋盛裝的滿滿的飯。簋與豆的圖畫很難分

❶

清楚，因此就以簋上的食物以及手持匕的特點，來強調簋的用途與豆不同。

有些字形把匕匙誤寫為棍棒。金文字形❷，大致保持甲骨文的字形，主要變化是簋的圈足寫成了半圓形狀，變得較不容易看出是一個容器的形象。

這個字在《說文》分隸兩個字。《說文》：「，揉屈也。从殳、皀。皀，古叀字。廄字从此。」字形明明與甲骨、金文的簋字同形，但是因為不認識皀字表現裝滿食物的豆或簋，就把意義解釋成毫無關係的揉屈。《說文》：「，黍稷方器也。从竹、皿、皀。，古文簋。从匚、食、九。，古文簋。从匚、軌。，亦古文簋。」這個字形和之前簋的字形只有一個共同的部分皀，反而與方形的簠有較多相同點。《說文》解說簋為黍稷方器，而簠為黍稷圜器。恐怕是把

❷

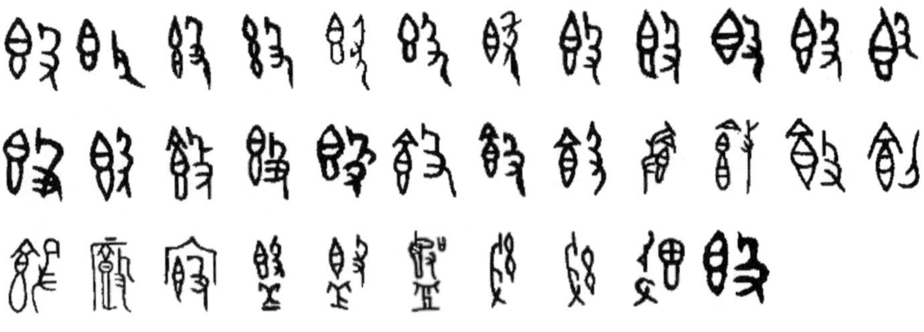

簋與簠的形制給對調了。

裝飯的銅簋承繼陶器的器形，到了西周早期，不知何故，圈足的下面有時加上一個方形空心箱形底座（如左圖），它使得容器的高度提高，像是具有豆的柄足作用，不知是不是為了接近用飯者的嘴巴。但是中期以後這種形制又不見了。

方座青銅蓋簋
高 37 公分，
西周初，約西元前十一世紀。

簋和簠都是裝飯的器具，從使用的時代和形體的遞變，可以大致了解變化過程。大概是為了追求創新，想修改一成不變的圓形形制，先是變為圓角的長方形，稱為盨ㄒㄩˇ。又進一步改變為上寬下窄的圓角形，稱為簠。最後把四個角落也作成方的，就成了典型的簠（如左頁圖）。很可能因為方形的容器在清洗時，角落不易清除乾淨，所以戰國時代又被圓形器所陶汰。以後就很少見到這種方形的盛食用器了。

善夫克青銅盨ㄒㄩˇ
高 19.9 公分，口徑長 21.3 公分，
西周中期，約西元前九世紀。

直紋青銅簠
通高 36.3 公分，長 55.8 公分，
西周早期後段，約西元前九世紀。

青銅簠
高 19.8 公分，口徑長 28.3 公分，寬 23 公分，
西周晚期，約西元前九至前八世紀。

俎 ㄗㄨˇ zǔ

筵席中還有一種常見的器具，甲骨文有俎字❶，是祭祀時常見的供奉品物。這個字應該轉向來看，表現出兩塊肉在一個平面的用器上，有時簡省只畫一塊肉。從考古的發掘，知道這塊平板下面應有四個支腳（如左圖），所以畫的是鳥瞰的景象。令人納悶的是，出土的俎都是四方形，但是甲骨文所表現的卻是一端平、一端尖，也許是比較早期的形狀。之前介紹七、八千年前碾去穀物外殼的石磨盤，也是一端平圓、一端尖圓。也許是因為某種原故，在使用時有需要分出前端與後端。

俎是擺放肉塊的用器。前文談到食物擺放的規矩，乾醃的整條肉

❶

條放左邊，細碎的肉放右邊。後來大概不強調這樣的擺設，所以容器就改為方正形狀了。

雙鈴青銅俎
長 33.5 公分，寬 18 公分，高 14.5 公分，
西周早期，西元前十一至前十世紀。

青銅俎
高 24 公分，長 35.5 公分，寬 21 公分，
春秋晚期，西元前六至前五世紀。

金文字形❷，有的把兩塊肉移出俎外，並簡省成兩個卜字，這就成為小篆的字形。《說文》：「，禮俎也。从半肉在且上。」雖然肉塊的形狀已經不見了，但因為這個字有祭祀的肉塊的意思，所以許慎就從字形來解釋為半肉在且上。兩塊肉經過字形簡省為一塊肉，最後被解釋為半塊肉，實在有趣。

奇怪的是，這個字形也代表另一個音讀、意義都不同的宜字。《說文》：「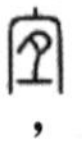，所安也。从宀之下，一之上，多省聲。，古文宜。，亦古文宜。」

從字形看，只因俎的外圍被離析成宀與一，而變成另一個字形，所以被誤會為與房子有關的形聲字。俎上的肉塊何以與安的意義有關聯？是因為供奉肉塊祭祀就可以得到神靈的保佑而平安，還是純粹是來自語音的借用而已，不得而知。

❷

5

食

飲酒與酒器

中國文字把食物分成兩大類：酒、湯水等液態的「飲」，和穀物、菜餚等固態的「食」。最簡陋的餐食，所謂「一簞食，一瓢飲」，也包含這兩類。

以古人攝取食物的進展來看，是先有水而後才有酒，所以飲字原先是以飲水做為創意的依據。

在山東的大汶口文化，約西元前二九〇〇年至前二三〇〇年的遺址裡，常見高約六十公分的尖底大口的灰陶缸（如左圖）。這種陶缸的容量非常大，不是少數人可以在短期內所能飲用完畢的。如果是為裝盛飲用酒，一般為了防止酒味道蒸發，都設計為小口的形狀。但是這種容器設計為大口，比較可能是裝盛飲水。

由於這種器物底部是尖的，無法站立，所以下部應是埋在土中，不會輕易被移動，恰如甲骨文的奠字所表現的，就是一個尖底器物的下部埋放於地下的形狀。它比較可能安置在公眾場所，甚至是工作場所或狩獵地，做為水的供應站，讓

眾人使用。所以容器上常會刻畫一個記號，被認為是最早期的文字之一，表明是某氏族的公有物。

刻符大口尖底灰陶缸
高 60 公分，山東莒縣出土（華 101）
大汶口文化，約西元前 2900-2300 年。

飲 ㄧㄣˇ yǐn

甲骨文的飲字❶，是一個人俯首面對著一個大口的水缸或小口的酒尊，張口或伸出舌頭吸飲的樣子。

到了金文時代❷，字形起了很大的變化。首先是人的形象簡化了，頭部伸出舌頭的動作不見了，只剩人身以及幾個橫畫；再進一步簡化，人身不見了，只剩一個酉和似今的形狀；因而被誤以為飲字的結構是從酉今聲的形聲字。

飲字與今字的音讀，原先可能不是同一個韻部的。《說文》：

❶

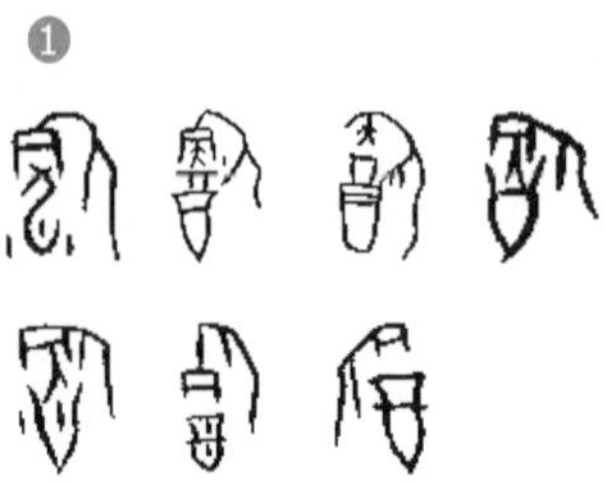

❷

「，歠（ㄔㄨㄛˋ）也。从欠，酓（ㄧㄢˇ）聲。凡飲之屬皆从飲。，古文飲从今水。，古文飲从今食。」

小篆的字形竟然比金文還要接近甲骨文的字形。而俯首的人身，分解變成今與欠兩個字形，所以分析整個字形為從欠酓（ㄧㄢˇ）聲的形聲字，而酓又分析為從酉今聲的字。

甲骨文的欠字，一個人張著嘴巴的樣子，這是因為睡眠不足而缺氧的打哈欠的模樣，所以有欠缺的意義。同時也做為張開嘴巴有關的意符，這與飲用液態食物的創意偏離主題了。至於古文的兩個字形，從水今聲與從食今聲，都訛變得比較多了。現在的字形，從食從欠，恐怕就是從古文的字形變化而來的。飲是飲用液態食物，食是吃食固態的食物。現在的飲字，字形並不合理。

甲骨文的飲字，在創造時特意畫出舌頭，就是為了強調舌頭辨味的功能。飯餚加溫，無非也是為了保持食物的味道。中國人擅長烹飪，從飲食這兩個字的創意看來，商代已開始講究食物的味覺。中國人自古隨葬器物也以飲食的器物為主（商代重酒器，周代重食器），也可見其愛好食物的習慣。

酒 ㄐㄧㄡˇ jiǔ

飲料有時比食物還要重要，就算是吃最簡陋的飯食，也要有水。有了酒之後，就可以用酒取代淡而無味的水。酒是很多民族很早就曉得釀造的飲料，待客、敬神往往少不了酒。

甲骨文的酒字❶，形象是一個酒壺以及濺出來的三點酒滴。這個字的造字創意很容易理解，可是有一個現象卻讓人很納悶。商代的酒壺都是平底的，酒字卻絕大多數作尖底的字形。為什麼創造酒字的人，故意使用不存在的器物去描繪呢？某次參觀了歐洲酒文化展覽，才恍然大悟。古代從歐洲運到北非的葡萄酒，盛裝的容器竟然都是尖底的，和仰韶文化西王村類型的尖底陶器非常類似，輪廓和與酒字的

❶

酒瓶形象也一模一樣（如左圖）。

根據展示說明，酒瓶的窄口是為了封口容易，以及防止液體外洩；細長的瓶體是為便利人們或家畜背負，尖底則是為了便利以手持拿而傾倒出酒液。有時尖底還做成長柄狀，有如甲骨文稻字，在裝稻米的罐子中，有一形的尖底下有長柄❷。稻米在商代是華南的產品，如果整株連葉帶穗搬運到華北，將會增加運輸的費用，所以只將顆粒裝入罐中。大概也以牲畜載運稻米，一如歐洲的葡萄酒，所以採用瘦高的罐子形。

小口尖底雙繫梳紋彩繪紅陶瓶
高 46.2 公分，
半坡文化，6000 多年前。

❷

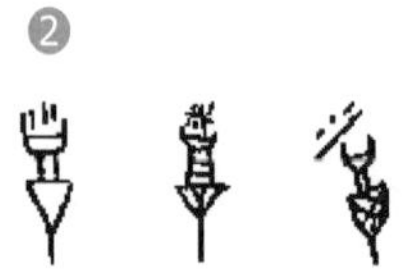

這種窄口長身的尖底瓶，是仰韶文化常見的器物，但在廟底溝型以後的文化遺址中不復見或很少見，可能與水井的開鑿有關。

在較早期的年代，要從遠地的河流取水，搬運回家，所以瓶身還附加兩個圓鈕，以便繫穿繩索背負回家。後來有了牛馬家畜，可以利用牲畜背負，不必再使用雙鈕穿繩，一如游牧民族的遼、金時代，製造細長身陶罐來裝運酒，高度超過半公尺，方便馬負載。

後來人們在住家附近鑿井，不須從遠地運水回來，也就不再需要這種造型的運水器具了。可能因為它是商業運酒用具，所以商代墓葬與一般家居的遺址遺址不見這種瓶子。

中國是什麼時候開始釀酒的？很難從實物找到直接證明。因為酒會蒸發，如果不裝盛在密封的容器裡，根本無法保存幾千年之久，因此只能間接從古人使用的酒器來加以推論。

盛水的容器雖然也可以用來盛酒，但兩者的性質畢竟不同，造形應該有些差異。六千年前仰韶文化的主要陶器是盆、缽、罐、甕、瓶、釜、甑等的大口容器，都是屬於水器和食器，沒有防止酒蒸發的設計。到了龍山文化晚期，約在西元前一千八百年，就產生了不少新容器，如尊、罍、盉、鬹、高腳杯等與後世酒器同形狀的陶器。其中有些做成小口大腹的，應該就是為了使酒不容易蒸發的設計。不過，現在對於仰韶文化的窄口細身尖底瓶有了新認識，對於仰韶文化的一些小口壺的功能，似乎也可以重新思考是否是裝酒的容器了。如果答案是肯定的，則釀酒的歷史又可往前推移了。

金文的酒字，不知為何，早期的都只作一個酒罐形狀，省略三個酒滴❸，後來才恢復酒滴。《說文》：「，就也。所以就

❸

人性之善惡。从水、酉，酉亦聲。一曰造也，吉凶所造起也。古者儀狄作酒醪ㄌㄠˊ，禹嘗之而美，遂疏儀狄。杜康作秫ㄕㄨˊ酒。」也是認為龍山文化的夏朝才開始釀造酒。

莤 ㄙㄨˋ sù

最早的酒以穀粒釀成。酒不能取代糧食充飢，因此一定是在農業生產充足、有餘糧的先決條件下，酒文化才發展起來的。如果生產的穀物無法充分果腹，人們不會把維生的穀物拿來釀酒。因此一個社會有大量飲酒的習慣，就表示有充分的糧食生產。

酒在初釀成的時候，含有穀物的渣滓，把渣滓過濾掉，才是比較高級的清酒。《說文》所說的醪（ㄌㄠˊ）是帶渣滓的酒，秫（ㄕㄨˊ）酒是濾過的。以穀物釀酒，酒中一定有渣滓，要濾去渣滓才能得到精醇的清酒。

甲骨文的莤字❶，是雙手拿著一束茅草在酒尊旁邊的樣子，推測

❶

是以草濾酒的情景。金文不見這個字。

《說文》：「，禮。祭，束茅加於裸圭而灌鬯酒，是為莤像神飲之也。从酉、艸。春秋傳曰：爾貢苞茅，不入王祭，不供無以莤酒。一曰莤，榼上塞也。」更具體把文字換成草在酒罐上的濾酒景象。

商代到底使用什麼器具過濾酒，可以通過後代的器物加以比對。東周時代有一種酒壺，這種銅壺和其他銅壺的不同處，在於蓋子上有六片向外伸出的透雕蓮花瓣，而且蓋子的頂部是透空的。蓋子應是為了防止酒蒸發掉而設的，如果是透空的，就失去其製作的意義了。

祭祀要使用清酒，甚至是帶有香味的鬯，才足以表達人們虔敬之心。《說文》解說莤字的時候，就提到管仲數說楚國的罪狀：「爾貢苞茅不入，王祭不供，無以莤酒。」莤酒就是過濾酒，需要使用香茅，楚國疏忽職守，沒有進貢給王室，所以齊國要替王室主持公道，處罰楚國。

濾酒的時候要先把草放在酒壺上，然後倒酒，酒就從草的間隙滴入壺中，不但把渣滓給過濾下來，還可沾染草香。如果沒有物件把香草給卡住，香草就會移動而產生空隙，使得渣滓掉進壺中，影響酒的品質。所以酒壺上面伸出的蓮瓣，就是為了把香草卡住而設計的，這就是為什麼壺蓋要透空以及有多個蓮瓣的道理。

商代沒有這種形式的酒壺，但有過濾酒的必要。爵與斝（ㄐㄧㄚˇ）的口沿有兩個支柱，大家都猜不透這種支柱的用途，我認為支柱的作用就像這件酒壺的蓮花瓣，用來卡住濾酒的茅草。酒可以從兩柱之間注入。

蟠螭紋蓮瓣蓋雙環耳青銅酒壺
高 47.4 公分，加拿大皇家安大略博物館藏。
東周，公元前五世紀。

爵 ㄐㄩㄝˊ jué

甲骨文的爵字❶，是一種器物的形狀。這種器物的形狀非常繁複，所以字形書寫起來非常多樣，可以看出這些字有幾點特徵：口沿上有支柱（↑），口沿附有口流，器底有三個支腳。比對商代的器物，只能是學者稱為爵的酒器（如左圖）。

金文的字形❷多了一隻手，因為爵的尺寸都很小，可以單手把握。金文的字形已演變得不太容易看出是酒杯的象形。小篆字形更難理解是一個器物形狀。

❶

❷

《說文》：「，禮器也。象雀之形。象爵之形。中有鬯酒。又，持之也。所以飲器象雀者，取其鳴節節足足也。，古文爵如此，象形。」把這個字分解，還想像爵的器形象一隻雀鳥，是因為飲起酒來，酒聲「節節足足」好像雀鳥的叫聲。只能說想像力真是太豐富了。

一般認為爵是飲酒的器具，因為在文獻裡明白記載使用爵飲酒。但是所有的民族，飲酒的器具基本上是圓筒形，為何獨有商代是使用這種怪異形狀的酒器？而且，透過古代遺址，

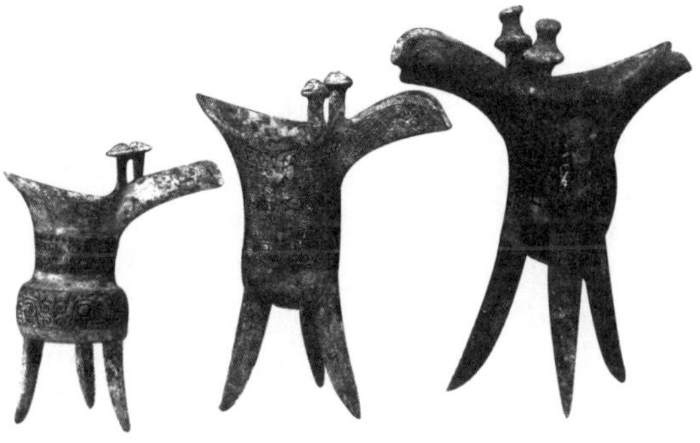

商代從早期到晚期的銅爵
最高 25.7 公分，現藏加拿大皇家安大略博物館
商代，公元前十六至前十一世紀。

可以確定爵形器物主要是商代的器物，延續到西周時代，可是文獻記載，一直到漢代都是使用爵飲酒。為什麼呢？

器物的製作，一般會受材料或特定使用目的的影響。陶器的形狀以圓形最為方便，尤其是發明了轉盤，更加速圓形器物製作。在龍山時代，已普遍採用轉盤方式製作陶器。為什麼商代對於大量使用的酒器，卻要採用費時的方法去捏造怪異形狀的器具呢？

尤其是用青銅鑄造時，爵的成形，要比較觚（ㄍㄨ）或尊等規整的圓筒形酒器困難得多。觚或尊的外範只用三塊就可以成形。然而沒有口沿上的柱的爵，就已經需要用八、九塊；有支柱的，還得再多加兩片範。從鑄造技術的層次看，爵是一種複雜的器形，要求的技巧高，應是容器中較遲發展起來的器形。但是根據目前地下發掘的情形，幾乎可以說爵是有能力鑄造立體容器時，馬上就開始鑄造的器物。

爵的有些造形並不是基於實用。它被鑄成有長尾的樣子，顯然是為了與長流（口緣）取得平衡，不容易傾倒。但是流並沒有必要做得那麼寬長。飲酒並不必有流，商代的觚、觶等飲酒器具都沒有流。口沿上的兩個立柱，好像也沒有實用上的必要，卻會增加很多鑄造上的麻煩和費用，還會妨礙飲酒的動作。

爵的腹下有三支高的支腳，出土時，不少爵的腹底下殘留煙炱痕，因此可以推知，爵是個溫酒器。口沿上的立柱不是直的，立柱頂端還有一個尖頂蓋子，甚至是立雕（如197頁圖）。

從前面所介紹的蓮瓣蓋銅酒壺得到得靈感，立柱的作用是卡住香茅來濾酒。小量的濾酒，把香茅放在口沿上，把酒注入，讓香茅過濾酒渣，而且沾染草的香味。立柱的作用就在卡住香茅使不移動。否則香茅會因為倒酒的衝力而移動，香茅移動就會產生空隙，使得酒渣掉進爵中而前功盡棄。

商人隨葬可以沒有食器，但不能沒有酒器。商代出土有青銅器的墓葬，爵與觚經常相伴出土。大概是以爵溫酒後再傾倒入觚中飲用。爵是小量溫酒的器具，不是飲酒的器具。

在一個西周遺址發現一個自銘為「爵」，但學者稱之為「瓚」的銅器，有長把、圓筒形。因此知道，西周中期以後，雖然已不再鑄造商人名之為爵的酒器，但是爵這個名稱已被移用至其他形狀的行禮用酒器了，所以文獻才記載使用爵飲酒（如左圖）。

酒爵的容量，漢代的註釋說可容一升，將近現在的五分之一公升。從發掘以及傳世品來看，商代的酒爵都很小，容量有限，小的恐怕還裝不了一百毫升，大的也不過是兩百毫升。

商代的酒，酒精度很低，一個爵所裝的酒量只夠喝幾口而已。不足使宴席中賓主盡歡，也不符為了舒暢心情而盡情飲酒所需。因此，爵比較可能是為了禮儀需要，只溫熱少量的酒，以之傾入他人酒杯，做為向人敬酒的方式。如要盡情飲酒，就得使用觚或他種容器了。

爵字在商代已使用為以爵位加於人的意義。大概以爵向人敬酒要具有一定的身分。以爵位加於人時，大概也要以爵盛酒，賞賜給人飲用。

有柄青銅爵
高 7 公分，通長 17.2 公分，
西周中晚期，西元前十至前八世紀。

斝 ㄐㄧㄚˇ jiǎ

甲骨文的斝字❶，形象是一件容器，口沿上有兩個立柱，器底有兩個或三個支腳，或旁邊多一隻手拿著棍子一類的東西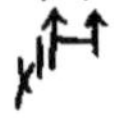。對照商代出土的文物，可以了解字形是表達學者名之為斝的器物。

金文。由於它是商代的器物，周代以後就不用了。《說文》：「，玉爵也。夏曰醆，殷曰斝，周曰爵。从斗、冂。象形。與爵同意。或說斝受六升。」漢代已不見這種器物，所以許慎不是很清楚斝的由來。

斝有立柱而無流，一般容量都較爵大很多，有的容量竟可高達

❶

七、八公升。很容易使用勺子從腹中取酒出來。可以理解，斝是一種比較大量的濾酒兼溫酒的器具。因為太大，所以需要使用勺子取酒，再倒入他種容器。由於不是直接倒入他種容器，所以不必有流口。致於甲骨文的字形還有一形，是多一隻手拿著棍子的樣子，有可能是用來攪拌酒，使酒的溫度與成分平均吧。

鳳柱青銅斝
通高 41 公分，口徑 19.5 公分，
商後期，西元前十四至前十一世紀，
陝西博物館藏。

曹 ㄘㄠˊ cáo

用銅爵、銅斝濾酒，是為少量取酒並行使某種禮儀。也有一般時候用的或是商業用的大量濾酒的器具。甲骨文的曹字，形象是一個容器上頭有兩袋東西的樣子。推論應該是表達在木槽上大量過濾酒。兩個袋子是用纖維或繩索編織的，可以過濾液體，水槽是承受滴下的酒液的容器。這是酒坊裡大量過濾製造清酒的作業。

曹、槽、糟三個字和過濾酒的作業有關。曹是管理作業的官府，槽是濾酒的長形的容器，糟則是過濾下來的酒糟。

《說文》：「，酒滓也。从米曹聲。籀文从酉。」糟字的

籀文字形作㯥(ㄗㄠ)下有酉。酉為盛酒的罐子，可以證明曹字是表現過濾酒的作業。金文的字形❶，兩個袋子或簡省成一個袋子。《說文》：「，獄兩曹也。从㯥在廷東也。从曰治事者也。」就完全沒有掌握到字的創意。

❶

鬯 ㄔㄤˋ chàng

高級的酒不但要過濾，還要加上特別的香料味道。鬯是一種有特別香味的酒，是祭祀神靈的重要供獻物品。甲骨文的鬯字❶，因為是敬神的貴重品物，出現次數很多，看來像是某種花草的花朵形狀。後世釀造鬯，使用椒、柏、桂、蘭、菊等植物的花瓣或葉子，大概鬯字是商代常見的香料植物的花朵。

既然商代的人曉得利用香料增加酒的風味，一定也會應用於食物的烹飪以及醯、醬、醋等的製作。

❶

金文字形❷有時把小點省略了。《說文》：「鬯，以[illegible]釀鬱草，芬芳攸服以降神也。从凵，凵，器也。中象米。匕，所以扱之。易曰：不喪匕鬯。凡鬯之屬皆从鬯。」因為有部分的字形訛變為匕，所以被說成以飯匙舀取容器中的米粒，這就和香酒的意義有衝突了。

有好幾篇西周時代的文獻，提到商人耽溺於群聚飲酒的習慣。周初銅器《大盂鼎》銘文：「惟殷邊侯田雩殷正百辟，率肄于酉（酒），古（故）喪師。」（因為商朝邊境的貴族以及商朝的百官都相率耽溺於飲酒，所以軍隊才被打敗了。）商朝被周人打敗而導致國家喪亡的原因，就在於酗酒風氣普遍。

❷

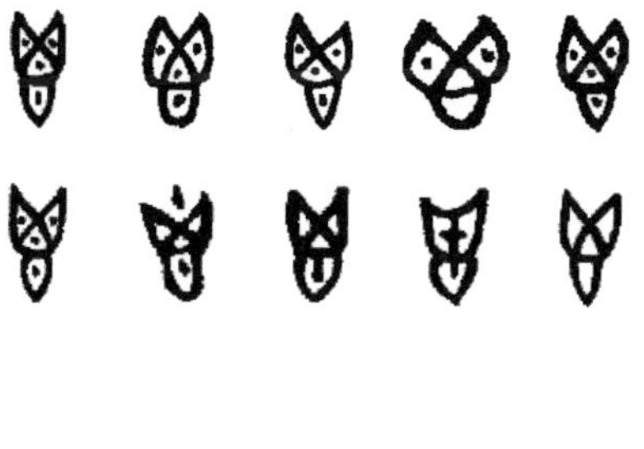

召 ㄓㄠˋ zhào

周朝的統治者多次警戒臣民要節制飲酒。不過，酒始終是祭祀和待客非常重要的食品。《禮記．祭統》：「夫祭有三重焉，獻之屬莫重於祼，聲莫重於升歌，舞莫重於武宿夜，此周道也。」說周朝的祭祀有三件重要的事，牲品的奉獻以酒最為重要，唱歌的頌揚以升歌最為重要，舞蹈的排演則以《武宿夜》最為重要。雖然酒喝多了會令人精神失常、做出逾越禮儀的行為，要嚴禁群聚飲酒作樂，但是適量飲酒可以增進食欲、精神舒暢，也是禮儀所不可或缺的。

甲骨文的召字，有兩類繁簡不同的字形❶❷，最繁複的字形，形

❶

❷

象是兩手拿著酒杯以及勺子在一件溫酒器的上面，溫酒器之上有時還放一個酒尊的形象。綜合起來，這個字是表現從大酒尊裡取酒液出來，注入酒杯中招待客人的意思。後來省略許多繁雜的部分，只保留一個酒杯和一把勺子。

金文的字形也是有繁複與簡要兩種❸❹。最繁的一個字形，除了酒，還加上一塊肉的形象。《說文》：「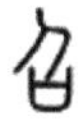，評也。从口，刀聲。」只保留簡省的字形，所以沒有辦法想像創意來自以酒招待客人，而分析為形聲字。

召字所表現的是間接溫酒的方式，在桶中放熱水，然後把酒壺放入桶中，讓水溫間接把酒溫熱。這樣持續溫酒的時間可以很長，似乎意味著飲宴的時間可以很長，慢慢飲酒，慢慢交談。

❸

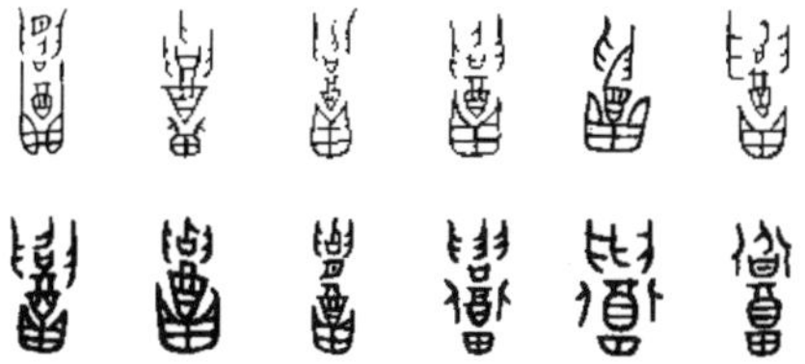

❹

用這種方式溫酒的青銅器稱為鑑。不過，商代的青銅器還沒有鑑，因此應該是使用以木板連綴的木桶。甲骨文表現溫酒的器具，以及金文的對應部分，是比較近於木桶的形象。

看來，為了禮儀需要少量的酒，就用爵與斝，直接用火燒烤。為了宴會大量且長時間飲酒的需要，就使用木桶來溫酒。東周時代才開始鑄造青銅的鑑。

配 ㄆㄟˋ

pèi

酒的種類多樣，有剛釀出的含有滓渣的酒醪，有把滓渣過濾過的清酒，以及加上特殊香味的鬯。酒本身含有程度不一的酒精濃度。未經蒸餾的酒，酒精濃度不高；但對於某些人而言，還是覺得太烈，需要加以稀釋；所以又製作了有流的盉ㄏㄜˊ，用來加水淡化酒的濃烈度。

甲骨文有配字❶，結構是一個跪坐的人在一個酒尊旁邊。到了金文❷，跪坐的人形漸漸有一點訛變，像是個己字了，所以《說文》：「，酒色也。从酉，己聲。」分析為從己聲的形聲字。

配與己的韻類非常不一樣，學者早就說配字不是形聲字，但也沒

❶

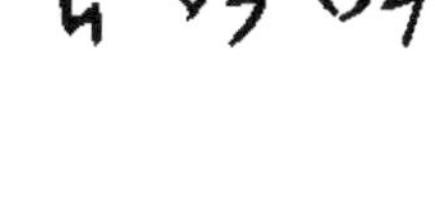

❷

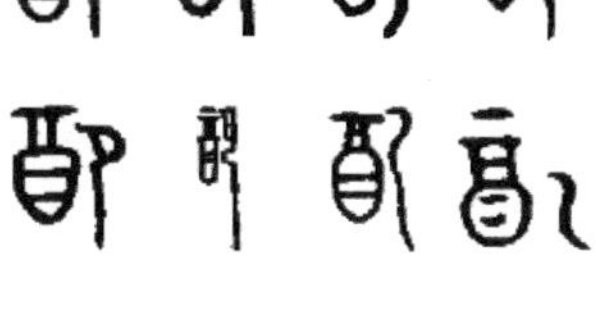

有更好的答案。不過，《說文》所說「酒色也」的解釋，倒是可以幫助我們了解配字的創意。

每個人的喜愛或接受酒精的能耐不一樣，所以筵席中每個人都配有自己的酒尊（或酒杯），可以用水把酒調和成各人習慣的濃度，而不是都飲用同一酒尊的酒。這就是配字的由來，調配不同的酒色（濃度）。原來，古人的筵席間，各人有各人的酒尊，可以用自己調配的酒，相互舉杯酬飲。

醯 ㄒㄧ xī

酒是經過發酵過程釀造而成的，相信人們也會利用發酵的方式來處理其他食品，增廣味覺。

《說文》：「，酸也。作醯以鬻(ㄩˋ)以酒。从鬻、酒並省。从皿。皿，器也。」分析小篆的字形，醯字由三個構件組成。左上部分是個酉字，酉是盛裝酒的罐子。醋酸也是盛裝在罐子裡的液體，所以這個酉字表達盛裝在罐子裡的醋。

酉的尺寸有大有小，經常見到的是盛裝酒，所以還要多加說明。醯字的右上部分是個㐬(ㄊㄡ)字。㐬是流字的偏旁。金文的流字，《說

文》：「，水行也。从林、㐬。㐬，突忽也。，篆文从水。」解釋得不清楚，說㐬的部分表示突忽的意思。其實，流字表現一個人溺死在水流中，原本梳理好的長頭髮已經鬆散的樣子。古人選擇這個場景來表達水流的意義，想來也是古代常見的景像。

《說文》：「，不順忽出也。从到子。《易》曰：『突如其來如。』不孝子突出，不容於內也。凡𠫓之屬皆从𠫓。或从到古文子，即《易》突字。」𠫓是一個小孩倒置的樣子，這是不健康與不舒服的姿勢，血會往腦部匯流，頭會疼痛，所以有不順的意義。所表達的是成年人倒栽的形象，長頭髮也鬆散下垂。因此可知醯字裡的這個，是表達低頭洗頭、頭髮下垂的姿勢。醯字下半部的皿，是盤皿的形象。

綜合這三個構件，低頭在盤皿上梳洗頭髮，使用的是醋做為洗髮劑。醋和酒一樣，都是穀物或水果經過發酵而製成的液體。古人會用醋洗頭髮，當然也不會忽略酸醋對食物所造成的味覺效果。或者因為醯字的筆畫太多，後來改用醋字表達。

醋的原來意義是客人向主人勸酒。主人向客人敬酒則是醻ㄔㄡˊ字（或作酬）。如此一來，酬字就兼為主人向客人、客人向主人勸酒的相互敬酒的意義了。

卣 ㄧㄡˇ yǒu

甲骨文的卣字❶，根據最繁的字形，是表現一個溫酒容器中的容器形狀，溫酒容器中有水的樣子。後來溫酒容器簡省成為一道彎曲的筆畫，甚至只有裝酒的圓底容器形。這種容器因為是圓底的，所以不能站立。容器上端有個把手，很可能是掛在溫酒器的口沿用的。大致是取少量的酒倒入這種容器，再放進一個較大的裝有熱水或冰塊的容器中，溫酒或冰鎮酒以招待客人。

這種溫酒或冰酒的容器稱為鑑，商代並沒有見到銅製的，可能是陶製或用木桶。

❶

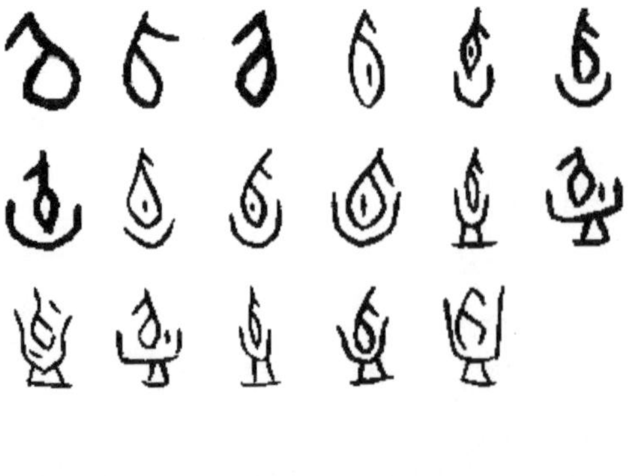

甲骨文的卣字，是溫酒容器的量的量詞，而不是容器名稱，如三卣、五卣，容器的形狀也絕不是學者所命名的有提梁的酒壺形狀。金文字形❷，只有省簡的字形。《說文》：「卤，艸木實垂卤卤然。象形。凡卤之屬皆从卤。讀若調。𠧪，籀文从三卤作。」誤會為果實成熟而下垂的樣子。

❷

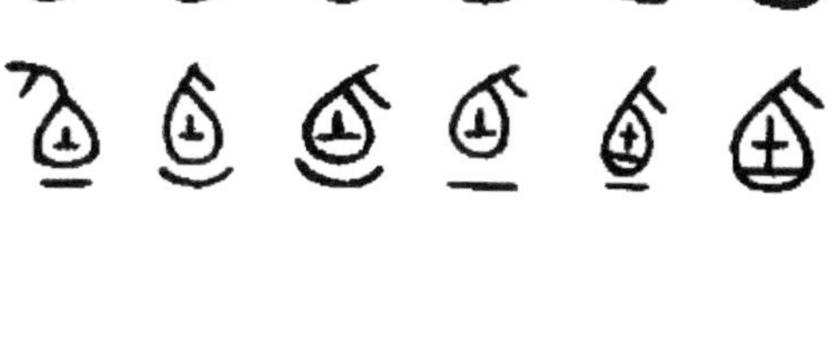

壺 ㄏㄨˊ hú

酒字是運輸用的大型容器形，日常所需的是比較小量的容器，像是壺。

甲骨文的壺字❶，很容易看出是一個有蓋子的直身圈足的容器象形字。有的在壺身兩旁還有環狀提耳。對照出土的文物，無疑是稱為壺的酒器。

酒甕是存放大量酒的容器，不容易移動。若要在餐宴中飲酒，就要把酒分裝在較小形的壺中，提到餐宴場所。青銅製作的壺，一般都有好幾公升的容量、幾十公斤的重量，需要可以提攜的提耳。

❶

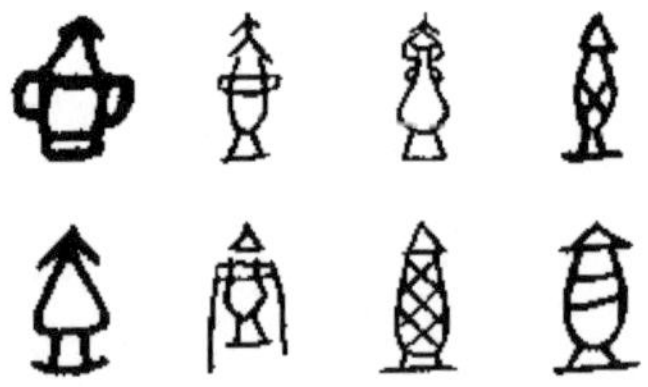

壺字有可能是陶製的酒壺，重量不重，可以捧在手中運送。酒壺的形狀多樣，字形也反映了多樣的外觀，有下腹膨大的，有近乎直筒狀的。壺是盛裝相當的量的酒用的，還要分裝到更小的容器，才方便筵席中飲用。

金文字形②，大概是因為書寫筆勢的關係，把器身兩旁的提耳連結成一圈的形式，商代尚屬少見，在周代就成為主要字形。又加上手持匕匙挹取、雙手捧持、金屬製作等等繁複字形。

《說文》：「，昆吾圜器也。象形。从大，象其蓋也。凡壺之屬皆从壺。」昆吾是傳說的陶器發明者，此處大概指陶器，意思是陶土製作的圓形容器。後來才以貴重的青銅製作，做為祭祀的禮器以及饗宴的擺設。銅壺有一定重量，所以設計有兩個提耳，可穿繩索，方便提攜。出土的時候，繩索已腐，只見穿孔的提耳。有的提攜部分也

②

用青銅鑄作而成為提梁（如左圖），學者就把不見提梁的稱為壺，把有提梁的稱為卣。其實商周時代並沒有這樣的區別，都稱為壺。卣是計算酒器的量詞，如酒三卣。

裝酒彝器青銅壺
高 39 公分，
商代，公元前十三至前十一世紀。

竊曲紋及波帶紋獸頭環耳青銅圓壺
高 66 公分，口徑 19.7 公分，重 25.5 公斤。
西周中晚期，約西元前九世紀。

鴞形青銅卣
通高 30.3 公分，腹 11.6x10.8 公分，
商晚，西元前十四至前十一世紀。

尊 ㄗㄨㄣ zūn

從大壺再分裝到小形盛酒容器，容器名稱是尊（如218頁圖），這是筵席中真正使用的。甲骨文的尊字❶，兩手捧著一個酒尊的樣子。酒尊的形式，有的是大口的，有些是小口的。大口的尊，可用勺子伸入其中取出酒來，小口的尊大概就直接把酒倒入酒杯了。但是近代出土的酒尊，基本都是大口的，因為是立即要飲用的，不必顧慮酒會蒸發掉。

至於旁邊畫了一個梯子的字形，可能是因為古人認為梯子有助於讓神靈下降來接受奉獻，點明是祭祀時候的場面。尊是宋代的人對於這一類酒器的命名，沿用到現在。在商代，尊似乎是祭祀使用的

❶

彝器的通稱，而不是這一類酒器的專用名稱。

金文字形❷❸，非常多見，因為是各種容器都會見到的名稱。有可能在階梯之前舉行祭祀的習慣消失了，到了小篆，有階梯的字形就不復見了。《說文》：「䢍，酒器也。从酋，廾以奉之。周禮：六尊，犧尊、象尊、箸尊、壺尊、大尊、山尊，以待祭祀賓客之禮。尊，尊或从寸。」現在通用的字形尊，不知為何省去一隻手。酒尊的重量往往二、三十公斤，單手捧不起來。在酒尊中，以動物形象造形的，統稱為犧尊；個別的則依其形象分別名之為象尊、犀尊、鹿尊、鳥尊或獸尊等。

❷

青銅酒尊
30.5 公分，28 公分，
早商，西元前十六至前十五世紀。

青銅何尊
高 38.8，口徑 28.8 公分，重 14.78 公斤。
周初，西元前十一至前十世紀。
陝西歷史博物館藏。

四羊青銅方尊
高 58.3，口徑 52.4x52.4 公分，重 34.6 公斤。
商晚期，西元前十三至前十一世紀。
中國歷史博物館藏。

❸

6

食

古人一天吃幾餐

在農業建立以前，人們以採集捕獵為生。野獸的繁殖，植物的生長，都有一定的地域與季節，不能終年滿足人們的需要。尤其是狩獵，並不能保證擒獲獵物。可以想見那時的人們，捕得獵物就大吃一頓；運氣不佳的時候，多日不能夠飽餐也是常有的事；一天吃幾餐，由不得自己決定，更不用談定時吃飯了。如果能夠自己決定一天吃幾餐、什麼時候用餐，就表示社會已進展到相當進步的程度，人們能夠控制食物的供應，不必費心到處尋找食物。能定時進食，更表示社會的規制已頗為強化，人們的生活作息已有一定規律。

從商代到漢代，已懂得根據太陽在天空的位置，來表示白天幾個特定時段。

商代人們將一整天的時間分為幾個基本時段；白天有旦、大采、大食、中日（或日中）、昃（ㄗㄜˋ）、小食、暮（或小采、昏）；晚上有夕及夙。白天的時段，每段落約兩小時。白天有吃飯的時間而晚上沒有，可推知他們平日只用兩餐飯。早上的「大食」約在七到九時，下午的「小食」約在三到五時之間。從命名也可以看出早上的飯量多而豐富，下午的飯量少而簡單。

商代用餐習慣反映了農業社會的生活方式。農夫每天清早就得開始從事去除野草、澆水之類的農作勞動，頗為耗費體力，需要好好吃飯補充精力，所以吃的量多。下午的一餐，不必吃得多，因為不久太陽就要西下，無法再去田地工作，不如早睡早起，以便次日一早工作。

春秋時代晚期，廣泛使用鐵犁牛耕，尤其戰國時代開始大量使用鐵器，生產力大幅提高，整個社會的面貌起了很大變化。人們的生活內容漸漸豐富起來，許多人從事非生產性的工作，富裕人家還經常有夜間的娛樂活動。而且，在一旁服侍的人也不能不跟著待到很晚。這時，便有必要增加一餐，以補充消耗的體力。戰國時代專用燈具大量出現，反映生活型態改變，人們已常吃第三餐。

戰國時代，秦國民間採用十六時制，在昏與夜暮之間有「暮食」。西漢初年，早餐已改稱為「早食」，午後的餐稱「晡時」或「下晡」，而晚上約十時稱「暮食」或「夜食」。不但明顯已吃三餐，而且新的名稱也暗示早上的飯可能不是最豐盛的了。從一天時間分段的名稱變化，以及專用燈具出現加以推測，一天吃三餐的習慣，應該建立於戰國時代。不過，一般沒有夜間生活的農家，到了更晚的時代大概仍是一天吃兩餐。

旦 ㄉㄢˋ

dàn

甲骨文的旦字❶，表現出太陽在某種東西上面。通過與金文字形❷的比較，應是表現清早時候，太陽好像即將自海面升起的樣子，或是太陽已脫離海面而映於海面的景象。這是住在海邊或面海的高山上才能見到的景象。後來日下的部分簡省成為一道橫畫，《說文》：「旦，明也。从日見一上。一，地也。凡旦之屬皆从旦。」被解釋為太陽已升上地面。這樣就不是旦的時間了。

❶

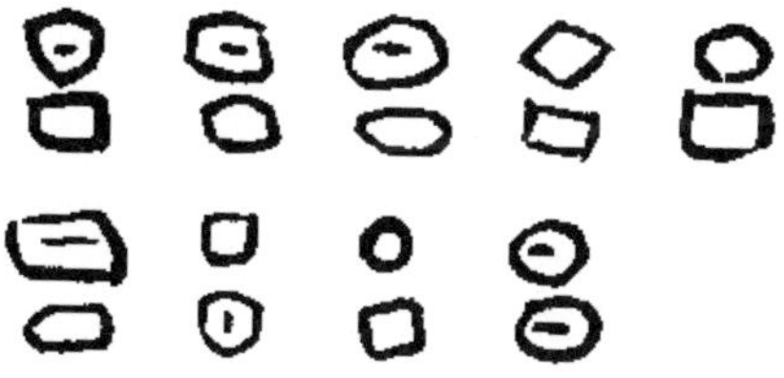

❷

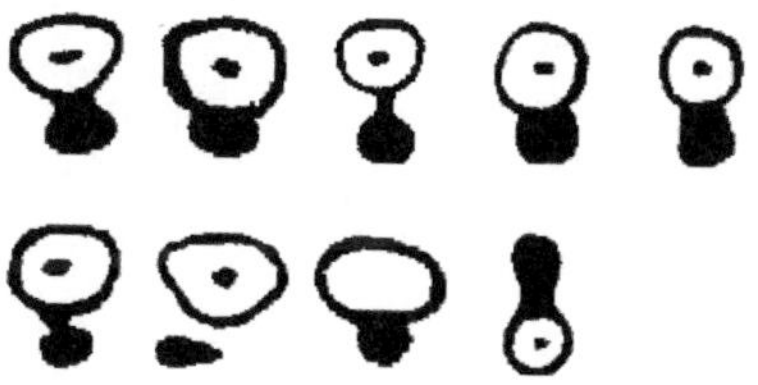

采 ㄘㄞˇ

cǎi

旦之後的時段是大采。甲骨文的采字❶，一隻手在一棵樹上，表現以手摘取樹上的果實或葉子。金文字形保持原形。《說文》：「，捋取也。从木从爪。」解釋正確。

太陽的光彩不容易描繪，所以假借采字表達。後來為了區別，採摘的本義就加上意符的手，而成為採字。更後來光彩的假借義就加上表達光明的意符的彡而成為彩字。大采就是太陽大放光彩的時候，是太陽已上升到高空，視線已清楚的時候了。

❶

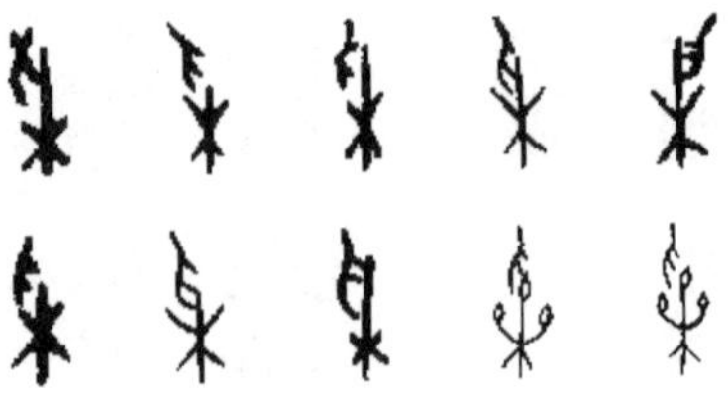

昃 ㄗㄜˋ

zè

過了中午的日中或中日的時段，稱為昃。甲骨文的昃字❶，一個太陽和一個不正立的大字，很明顯是表達太陽把人的影子照得斜長的時候，也就是太陽開始西下的時分。金文字形，大概為了字形外觀方正，把人的頭部寫得歪了一點點。《說文》：「，日在西方時側也。从日，仄聲。易曰：日昃之離。」誤以為是从日仄聲。《說文》：「，側傾也。从人在厂下。，籀文从夨ㄗㄜˋ，夨亦聲。」明知仄字有傾斜的意義，竟沒有看出昃字是表現人影的傾斜。

❶

莫（暮） ㄇㄨˋ mù

過了昃之後是小食，是簡單吃下午飯的時候。吃完飯後，整理一下用具，太陽此時已完全西下，光彩大減，只剩微光浮於天際，所以稱為小采。這個時段也稱之為莫。

甲骨文的莫字❶，表示太陽已經隱入四個木或草字的樹林之中的時間。較簡單的字形，就省去下方的兩個草；較繁複的字形，就更作鳥已歸巢的景象。白天，鳥兒各自飛往他處覓食，到了黃昏，就不約而同飛回樹枝休息，是很容易觀察到的現象，用來表示日落時段是很恰當的。

❶

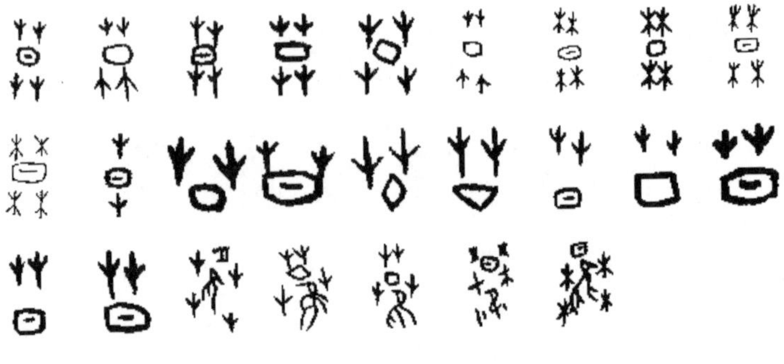

金文字形❷，已不見繁複的字形。《說文》：「莫，日且冥也。从日在茻中，茻亦聲。」把形象之一的茻當作聲符，並不對。莫後來被借用作為否定詞，所以又加日而成暮字，加以分別。

❷

昏 ㄏㄨㄣ hūn

暮的時段也稱為昏。甲骨文的昏字①，看來是表現太陽已下降至低於人的高度的時候。這也是黃昏時段的另一種觀察。這個時段人們準備休息，不再辦事，所以金文銘文沒有這個時間從事的大事，不見這個字。甲骨文的昏字，人形的部分已經有寫得不太像人形，又多了一個裝飾的小點，《說文》：「，日冥也。从日、氐省。氐者，下也。一曰民聲。」就看不出昏字有人字的結構，不得不解釋為氐字的省略。

從各時段的命名，很容易看出商代人們主要是依據太陽在天空變動的位置來定時的。看起來每一時段接近兩個鐘點的長度，而以日中

①

為一日的中點。但是太陽在天頂的時間和日照的長短，因季節而異，以今日的標準來看，商代的時間設定，還是游移而不固定的。

晝 ㄓㄡˋ zhòu

關於白天，甲骨文還有一個表示總時段的晝。字形是一隻手拿著一枝毛筆，還有一個太陽。表達有陽光而可書寫的時候。商代的人睡得早，晚上不點燈工作，白天照明完全靠陽光，尤其在屋裡寫字的時候。能夠寫字的白天，代表陽光還充足的時候。

金文的晝字，結構和甲骨文一樣；只是，甲骨文的時代，手指在筆的旁邊；而金文的寫法，則是把拿筆的手指穿過筆桿。《說文》：「，日之出入，與夜為介。从畫省、从日。，籀文晝。」因為小篆的字形在日字周圍增加了幾道筆畫，像是晝字的省略，所以許慎解釋這個字的造字創意是畫分日間與夜間的時間。

夕 ㄒㄧˋ xì、夙 ㄙㄨˋ sù

夜間基本是睡覺休息的時候，不必細分時段，商代只有夕與夙兩個時段。夕指前半夜，夙指後半夜。

甲骨文的夕字❶，是一個殘月的形狀。創意很明白，是一天中有月亮的時候。但因為月球繞地球一周代表一個月的時間長度，所以月字也以殘月的形狀表達。為了分別，早期的夕字以月中有一點表示，月字以月中無一點表示。但不知什麼原因，中期以後，兩個字互相調換，夕字作月中無一點，而月字作月中有一點。

金文夕字❷大致承繼這個安排，但也有例外。《說文》：「夕，

❷

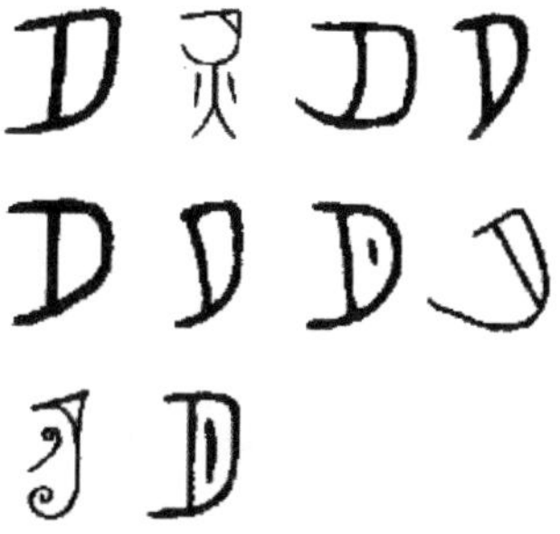

❶

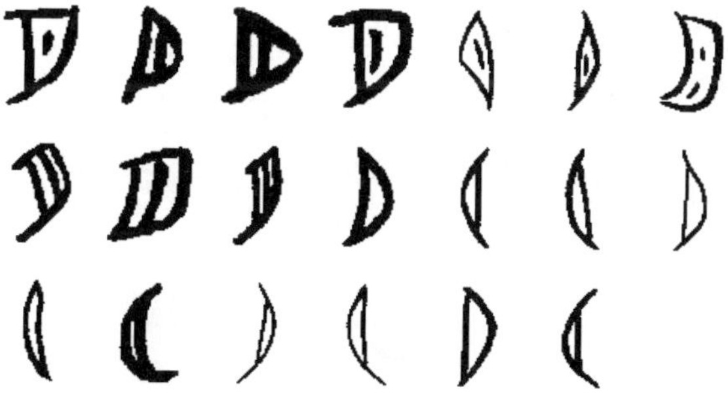

莫也。从月半見。凡夕之屬皆从夕。」

甲骨文的夙字③，一個人兩手前伸、膝跪地，作恭送月亮的動作。古代大概有官員負責每天作恭送月亮以及迎接太陽的禮儀。夙與夜寐，是工作勤奮的表現。

金文字形④，為了達到字形方正的目的，有些字形把月亮的位置下移而成並列的形式，本來是跪坐的姿勢也慢慢變成站立的形象，所以又加一個像是女字的裝飾符號。《說文》：「，早敬也。从丮、夕。夕不休，早敬者也。，古文。，古文。」所錄的兩個古文字形，其實都是甲骨文的宿字⑤，一個人睡在一張蓆子上，或在屋中睡覺的樣子。大概是同音假借的關係，而被誤以為同一字。

③

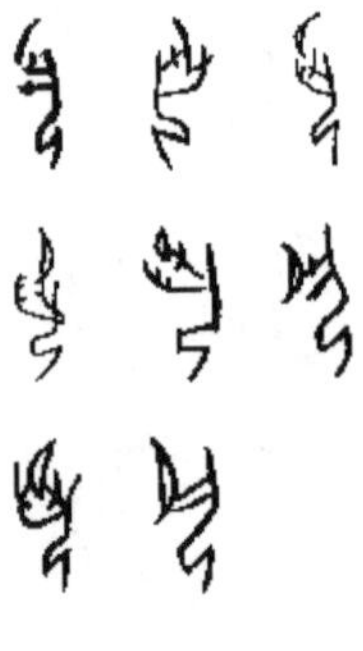

④

⑤

7

衣

穿衣文明的發展

人類經營定居的生活，不但需要修造房子遮風避雨，也需要合適的衣服抵禦寒冷。人是雜食性動物，取食範圍廣，覓食方法也多，加上懂得用動物皮毛或植物纖維縫製衣服，所以能夠適應不同氣候，在不同的地理環境生存。

古人是從什麼時候開始懂得縫製衣服呢？十二萬年前出現的石核，就有可能發展出鑽針眼、穿針引線，縫製獸皮衣物。三萬年前則已確實使用麻線或皮革穿針以縫製衣物。中國最早發現的骨針，大約是在四萬至兩萬年前的遼寧海城縣遺址，發現用象的門齒製作的骨針，一枝長 7.74 公分、孔徑 0.16 公分，一枝長 6.9 公分、孔徑 0.07 公分；另一枝用動物的長骨製作的骨針，長 6.58 公分、孔徑 0.21 公分。推測根據骨針，那時候應該已經知道利用植物纖維了，起碼從那時起就曉得縫製衣物了。

人類縫製衣服的最初目的，可能因地區而有不同。有些地區可能為保護性器不受自然界邪惡之氣的危害，或不被荊棘、昆蟲、雨露傷害。有些地區則可能以動物皮毛偽裝捕獵，甚至穿著某種動物皮毛，希望得到那種動物所具有的特殊能力。早期社會，不管穿得如何少，或只是象徵性穿著，都會要求成員穿用某些裝飾品或衣物。這大概是愛美、遮羞或分別階級等文明觀念的起始。

衣 一 yī

甲骨文的衣字❶，一件有交領的衣服的上半部形狀。有交領的衣服，是用布帛而非動物毛皮縫製的，是紡織業興起以後的服裝形式。從出土的漢代衣服，可以看出交領式衣服的做法，是以窄長的布幅，由胸前經過肩膀，繞過頭部而回轉至腋下，形成具有衣領形式的服裝。衣服之所以這樣縫製，多半是為了防止布幅邊緣鬆散；並可利用相交的幅度多少，調整不同肥瘦身材的需要。如果用皮毛縫製衣服，就不必如此麻煩的製作衣領。所以，衣字的創造，反映的是農業社會進入以紡織的布帛縫製衣服的時代。衣字所表現的形象明顯，一直到小篆，字形都不變。

❶

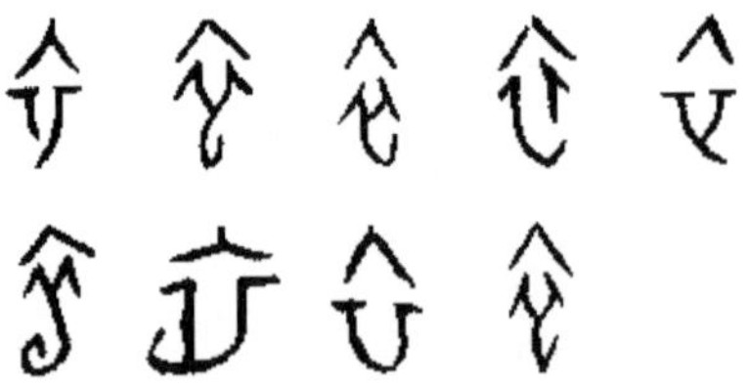

金文字形❷。《說文》：「衣，依也。上曰衣，下曰常。象覆二人之形。凡衣之屬皆从衣。」完全不了解字形的創意，說是像覆蓋兩個人的形象。一件衣服只能穿在一個人的身上，不會是兩人同穿一件衣服。

❷

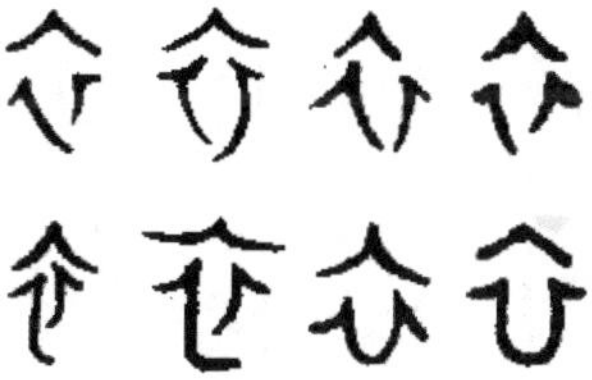

初 ㄔㄨ chū

甲骨文的初字❶，形象是一把刀和一件衣服。從初字的意義，大致可以了解初字的創意，來自使用刀切割材料，這是製作一件衣服的開始。金文❷字形不變。《說文》：「，始也。从刀、衣。裁衣之始也。」解說很正確。

在還沒發明紡織的時代，用獸皮縫製衣服。獸皮的形狀並不方正，大小也因獸類而有差別，需要先裁切成塊，再縫合成一件衣服。動刀裁切是縫製衣服的第一個步驟，也因此初字有開始的意思。

衣服如何裁剪縫製，受到生活習慣和採用材料的限制與影響。游

❶

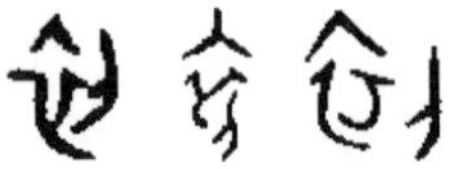

❷

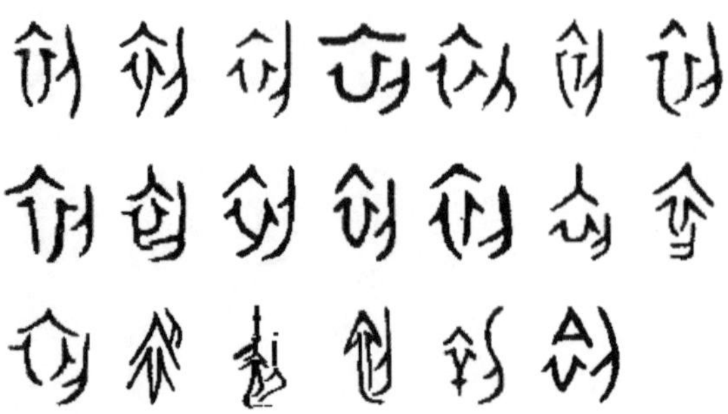

牧民族每天騎馬奔馳、照顧牲畜，衣服必須禁得起磨擦，因而選用他們易得的堅韌毛皮做材料，要求裁剪合身，方便奔跑跳躍的捕獵行動。既然獸皮需要經過裁切再加以縫合，不如就隨身材的曲線剪裁成緊束、窄短風格的衣服。

至於農耕社會，桑麻紡織的布帛比較容易取得，而且農事活動不致於太過激烈，不會磨損衣服。為了簡化繁瑣的裁剪與縫合，儘量保持紡織出來的原來布幅，衣服不追求合身曲線，就形成寬鬆、修長的風格；有一定的布幅，可以適合各類胖瘦的身材。

裘 ㄑㄧㄡˊ qiú

衣裘一詞常用來概括所有的衣物。分別來說，衣指稱以紡織的布料製作的，裘是以毛皮的材料縫合的。甲骨文的裘字❶，一件毛顯露於外的皮裘形狀。金文字形改變為形聲形式❷，先是利用裘字衣領間的空間加一個又字。除了聲符的作用外，實在想不出右手和皮裘有何意義上的關聯。很可能又字的標音效果不好，後來又改用聲類與韻部都一致的求字做為聲符。

《說文》：「，皮衣也。从衣。象形，與衰同意。凡裘之屬皆从裘。，古文裘。」不把裘字視為從衣求聲的形聲字，而說是與衰同意。衰是一種哀悼死者的喪服，不縫合衣服的邊緣，表示無心求美

❶

❷

的悲哀心情。大概認為古文的字形是較早的字形，表現皮毛外露的皮裘形，而裘是後來加上衣符號的字形，所以不認為它是形聲字。

《說文》所舉的裘的古文字形，也見於甲骨文③以及金文④。金文字形只是把前端彎到一邊，表現出毛皮的柔軟性質。在商代，求字的意義是祈求而不是衣裘。這就有可能求字表現一條毛皮的形象，是做為縫製皮裘的材料，假借做為祈求的意義。

③

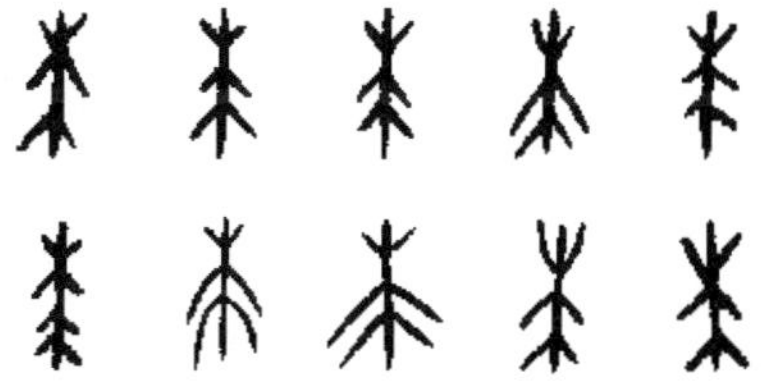

④

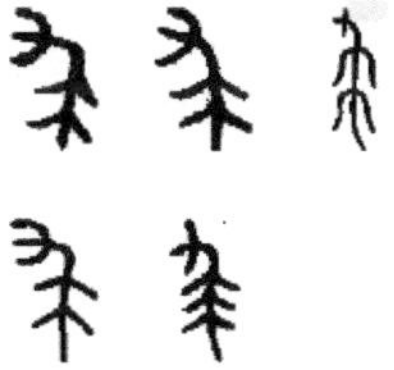

衰 ㄕㄨㄞ shuāi

《說文》解釋衰字的創意，說與衰字同意。《說文》：「，艸雨衣也。秦謂之萆ㄅㄧˋ。從衣，象形。，古文衰。」這個字形表現衣字中間有冉字的形象。《說文》：「，毛冉冉也。象形。凡冉之屬皆从冉。」金文字形❶，是某種東西表面不平整，有鬆散的毛邊的樣子。因此《說文》以為衰字的創意表現是以草料編織的雨衣。但是衰弱的意義恐怕與雨衣的關係比較小，而與喪服的制度有關。

一般衣服是用紡織的材料裁剪，為了防止布邊鬆散脫線，都要把邊緣縫起來，所以在中國形成交領的形式。古人為了表示對死去親人的哀悼，無心講求舒服的生活與美麗的事物，睡最簡單的寢具，穿不

❶

美麗的衣服，服喪期間的衣服不縫邊，以示無心求美。服喪期間自然也無心茶飯，所以體力羸弱，需人攙扶才能行走。因此，衰字代表服喪的衣服，以及引申有衰弱不強的意思。衰字的創意，來自以不縫邊的喪衣。服喪是中國人非常重視的制度，表現思慕父母親的心境。

表 ㄅㄧㄠˇ biǎo

　　毛皮在遠古時代是容易獲得的製衣材料。隨著農業建立，森林草原逐漸被開闢為農田，野獸被驅逐或被擒殺殆盡，毛皮就愈來愈珍貴了，甚至成為可誇耀的財富。《史記．孟嘗君列傳》記載戰國時候，孟嘗君以一件白狐裘賄賂秦昭王的愛姬，幫助他逃出秦國的故事。秦昭王的愛姬為了獲得一件狐裘，竟敢冒險偷取信符幫助孟嘗君脫逃，就可看出皮裘的價值以及人們喜愛的程度。

　　稀罕的動物毛皮價格高昂，能夠彰顯美麗及權勢，但是人們又怕穿著皮裘把它髒污了，因此形成一種很特異的習慣，既要穿著美麗的皮裘，又要加一層外衣掩蓋，卻不忘顯露一角以炫耀其美麗。

《說文》：「表，上衣也。从衣、毛。古者衣裘，故以毛為表。𧝈，古文表。从鹿。」許慎解釋表字有外表的意義。在沒有紡織品的時代，人們穿用毛裘，將美麗的毛顯露在外表。

許慎認為古人穿用毛裘，是穿在最外面。然而，從字形看，毛字在衣服裏面而非外面，這個字表達的很可能是相反的現象，並在古書中可以找到佐證。《禮記．玉藻》：「表裘不入公門。」意思是說毛裘外面還要覆蓋外衣，才可外出入公家場所，這件外衣稱為表。

《禮記．玉藻》記載：「君衣狐白裘，錦衣以裼之。……君子狐青裘豹褎，玄綃衣以裼之。……羔裘豹飾，緇衣以裼之。」從外衣的表，就可以得知貴族的等級。而且那時對於外衣質料、顏色、獸皮種類，有大致規定；人們一眼就可以從外套的表，知道裡面所穿的皮裘種類。

表字的造字創意，是指覆蓋毛裘的外衣，可以區分等級，所以表字才有表面、表揚等意義。

袁 ㄩㄢˊ yuán

經過長期農業社會生活，商代人們的衣服形式，大致屬於寬鬆、修長的風格。因為衣服形式不必向鬼神請示，所以甲骨文很少有關衣服的內容。儒家孔子是商族後裔，有可能為了保存固有文化習俗，極力崇尚長衣。

《禮記．深衣》說長衣：「可以為文，可以為武，可以擯相，可以治軍旅，完且弗費。」它是不分男女、貴賤，婚喪、喜慶，甚至軍人都合宜的服式。

周族滅商以後，引進其傳統的芾圍裙，強制奉職於周朝的商人也以之為禮服。但一般的商遺民還是穿著比較舒服的長衣。從戰國時代遺存的一些圖像看，人們大都穿著長衣。進入漢代，儒家得勢，長衣成為一般人的日常服裝，優勢一直維持到明朝。

《說文》：「，長衣皃。从衣，叀省聲。」小篆字形已經訛變，袁字的衣的部分只剩下半部，以致於把袁字的上半部說是叀省聲。甲骨文與金文雖然沒有見到袁字，但有袁字偏旁的例子。金文的遠字❶，是從辵或從彳而袁聲的形聲字。從這個字形，可以上推甲骨文毓字的一形，一隻手拿著一件衣服即將給新生嬰兒穿用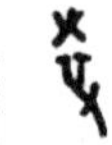。嬰兒都是穿一件式長衣，衣字上的三短畫是套頭帽的裝飾。可能因為很難用繪畫表達與衣字有明顯分別的長衣，就借用嬰兒的長衣來表達大人的長衣。

衣中的圓圈可能是表達頭部，或充當聲符使用。但是袁字與員字

❶

的韻部不同，所以圓形比較可能是代表頭部，表示嬰兒全身被長衣所包裹，只露出頭部。

裔 yì

金文的裔字，《說文》：「，衣裾也。从衣，㕯(ㄋㄚˋ)聲。」，古文裔。」從古文的字形，推知裔字表現一件有長裙襬的長衣。金文的字形更表現有寬帶的樣子。長衣才需要使用寬帶束緊衣服，更證明裔字是長衣的形式。字形下方口的部分，應是無意義的填空。裙的邊緣距離上衣遠，所以引申有後裔的意思。

黹 ㄓˇ zhǐ

甲骨文的黹字❶，很不容易看出是個什麼圖形。幸好有金文字形❷，以及對照文獻，才知道這個字是黹，與衣服上的刺繡有關。黹是刺繡的圖案，是一種得自上級的賞賜物品。

《說文》：「黹，緘縷所紩（ㄓˋ）衣也。从㡀（ㄅㄧˋ）丵（ㄓㄨㄛˊ）省，象刺文也。凡黹之屬皆从黹。」以布帛縫製的衣服需縫邊，防止布邊綻散，所以就以布條縫邊而形成交領的形式。為了美觀，貴族階級就在這布條上刺繡。這叫黹屯（純）。

甲骨文屯字❷的創意，是捆縛兩片肩胛骨，套合成為一對的形

❶

❷

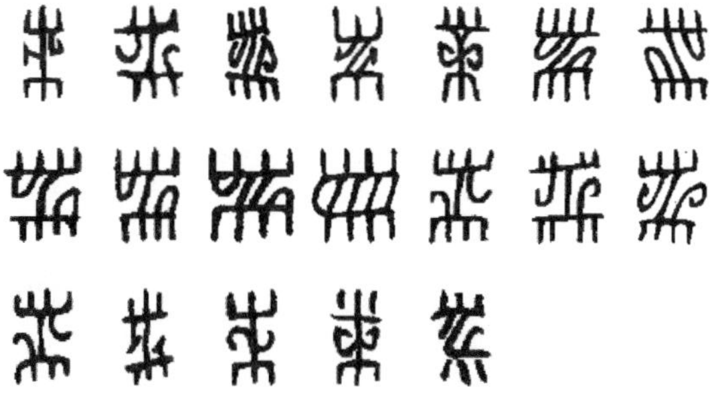

狀。屯的意義是包裹、增厚、被圍困。黹屯的意義，就是包覆衣緣的刺繡，又發展出刺繡不同花紋代表不同的身分。上級貴族將已經刺繡完成的黹屯賞賜給下級貴族，表示允許這位貴族穿用這個品級的刺繡圖案。

刺繡圖案大都是幾何形、交纏或相背的對稱圖案。所以甲骨文黹的字形就在表達這類圖案。以獸皮裁剪的皮裘不怕邊緣綻散，不需縫邊。而且皮裘厚重，價格高昂，為省費用，就不做交領。不過，後來衣服普遍都有領子，皮裘也就剪裁成為有衣領的形式了。

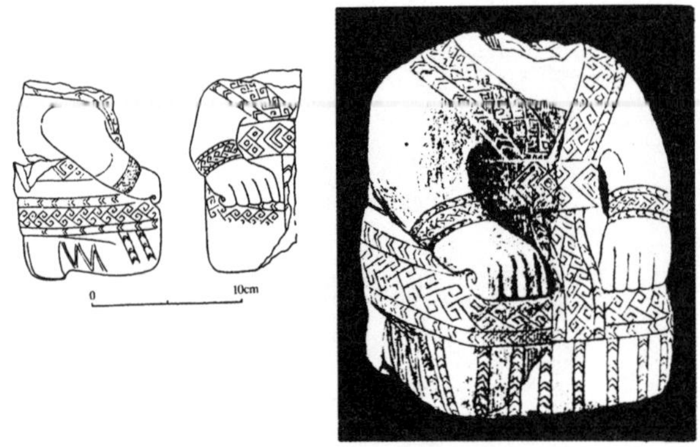

商代跪坐的人物石雕以及復原圖。
在領子、衣緣、袖口的地方有刺繡。

肅 ㄙㄨˋ sù

古人喜愛以顏色增添美麗，色彩愈多樣愈美。重視階級的社會，莫不以罕見的財物來凸顯自己高人一等的地位。每天穿用的衣服最容易成為一種展示，各式各樣的表現方法也就發展起來了。除了講究質材的高貴之外，就是顏色的展示了。讓衣服顯現顏色的方法，大致是畫、繡、染。染只是讓衣服變化顏色，很難顯現想要的具體圖案，所以主要是繪畫與刺繡兩種。

《尚書．皋陶謨》說帝舜的時代，「日，月，星辰，山，龍，華蟲作會，宗彝，藻，火，粉米，黼(ㄈㄨˇ)黻(ㄈㄨˊ)，絺繡，以五彩施于五色，作服。」這些衣服上的塗繪與刺繡裝飾，雖然不一定是帝舜時代的實況，至少是周代的人根據自己的經驗，猜測一千年以前的情形。

金文有肅字❶，作一隻手拿著筆畫一個圖案的形象。《說文》：「，持事振敬也。从聿在𣶒上。，古文肅。从心、卪。」並沒有解釋為什麼這個字形表現出做事情很尊敬的意思。

結合字形與字義，可以推論，這是表現一個人拿著畫筆在描繪對稱的圖樣。𣶒字是對稱的幾何形圖案的形狀，肅字則是繡的原始字。描繪圖樣是刺繡的第一步工作。如果圖樣沒有描好，刺繡作品就不易繡得好。但不是人人都擅長繪圖，因此後世有專賣刺繡紙樣的行業。

刺繡是用不同顏色的絲線，在素色布面依圖樣繡出美麗的圖案。刺繡的時候要專心謹慎，才不會出錯，所以刺繡的工作就引申有肅敬、嚴肅等等相關意義。

❶

衣服上的刺繡，大都繡在衣領、袖緣、衣緣、寬帶等處。若是整件刺繡，恐怕不是正常情況。

例如商代有一個人物雕像，這個人整身都是花紋（如下頁圖），不穿鞋，頭頂是非漢族的辮髮，上有可以穿繩的孔洞，可以佩戴物件，應該不是貴族，很可能是祭祀時供祭祀的異族人牲的形象。

衣服上的刺繡有其制度，不可以隨意製作。《禮記・郊特牲》說：「繡黼，丹朱中衣，大夫之僭禮也。」（繡黼丹朱中衣，是諸侯的服飾，大夫如果穿上了，就是僭越禮制。）

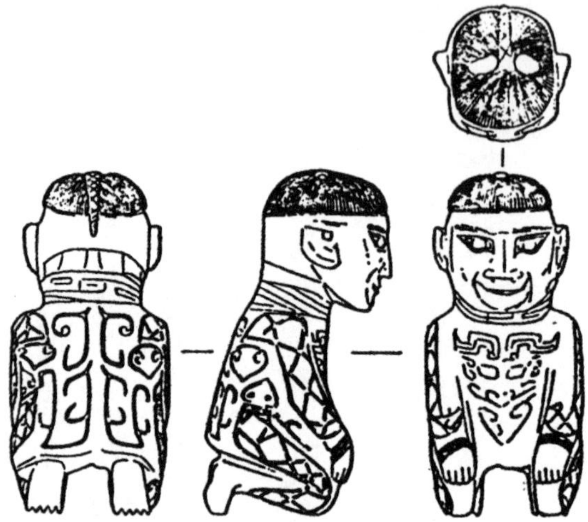

商代的玉雕人像。

畫 ㄏㄨㄚˋ huà

甲骨文雖沒有肅字，但有畫字❶，一隻手拿著筆（有筆毛或只有筆管）在圖繪一個交叉的線條形。繪圖是刺繡的第一步工作，可能也是繪畫衣緣的黹屯的簡單圖樣。

大概人們覺得所繪的圖案太過簡單，金文字形❷，除原有的甲骨文的字形之外，又有加上一個田，或加上裝飾符號的口或王。或有可能古代常繪製的是田籍的圖，所以加上田的符號。至於加上王的符號，可能表示與王家有關的徽章一類的東西。

《說文》：「，介也。从聿。象田四介。聿所以畫之。凡畫

❶

❷

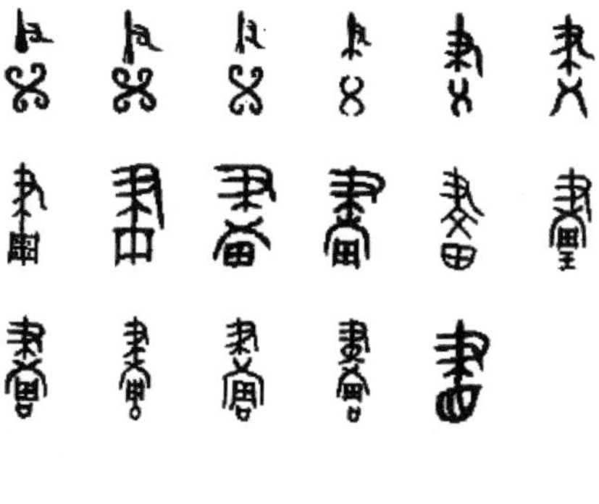

之屬皆从畫。，古文畫。，亦古文畫。」是依據晚出的字形的解釋，原先大概不是區畫田地。

染 ㄖㄢˇ

rǎn

甲骨、金文還不見染字。《說文》把它解釋為形聲字：「，以繒染為色也。从水，杂聲。」

一般以為染字由水、木、九三個構件組合，表達以植物（木）的汁（水）浸染多次（九）的染布作業。布帛以植物色素浸染的次數越多，所呈現的色彩就越深越鮮艷。九是最高的單位數，所以就用九表達浸染的次數多。

以植物汁液做染劑，應該是比較後來的技術。從六千多年前仰韶的彩陶可以推測，早期的染色方法是用有顏色的礦石磨成粉末，和以水而塗在衣服上使有顏色，缺點是色彩容易掉落或褪色。後來發現以植物的汁液染色，可以保存比較久，而且也比較鮮艷，從此就成為布帛染色的主要方法了。

由染字的結構，可以知道漢代普遍使用的染色劑，已進步到不容易褪色的植物色素了。染色雖然不能把衣服染成特定的圖案，但可以先把絲線染成不同的顏色，再刺繡成複雜多彩的圖案。

冂 ㄐㄩㄥ jiōng

金文有一個冂字，在西周早期的銅器銘文，在賞賜的項目中，屬於服裝的有冂衣、市舄（ㄒㄧˋ）。衣為上衣，市是行禮穿的圍裙，舄是行禮穿的厚底鞋子。那麼，冂就是與上衣相配的下裳了，字形就是一件兩段式服裝的裙子。

這個字形大概與另一字形❶太過接近，為了分別起見，後來才改為常（裳）字。《說文》：「，下帬（ㄑㄩㄣˊ）也。从巾尚聲。常或从衣。」很可能冂字的讀音是裳，這在文字學是以形聲字替代象形或象意字的例子。裳的音符尚字，金文❷，很可能是從冂字發展起來的。文字的

❶

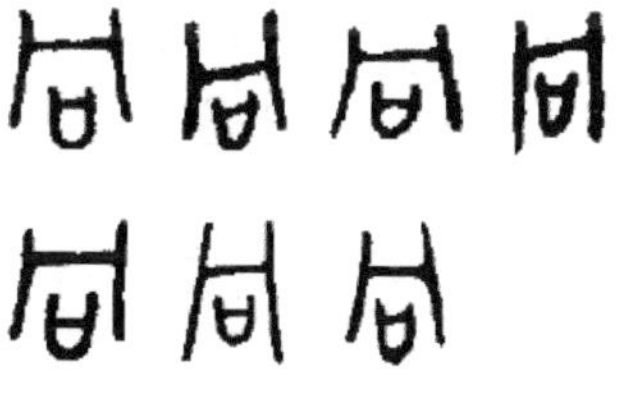

❷

演化，常在字的空間中填充一個口字，冂字加口成為。很可能再在上頭加兩橫畫，就成為尚字了。尚字加上義符的巾或衣，就成為常與裳字了。

《說文》：「，曾也。庶幾也。从八，向聲。」其實，尚與向的字形是有分別的。

甲骨文的向字❸，作一個房字的入口處的樣子。房子的入口即為面對的方向。早期地下穴式的房子只有一個出入口，後來房子完全升到地面上，漸在背面牆上增加一個窗口；前面門戶的開口就稱為戶，背面牆上的開口就稱為向。

金文向字的字形不變❹。《說文》：「，北出牖也。从宀、从口。詩曰：塞向墐戶。」所解釋的是後來的字義。也有可能尚和向字

❸

❹

的字形太過於接近，所以在尚字加兩短畫以為區別。

總而言之，冂字是一片衣裙的形象，後來變成形聲字的常與裳。現在習慣以常字為平常，裳字為衣裳的意義。《說文》：「，邑外謂之郊，郊外謂之野，野外謂之林。林外謂之冂。象遠介也。凡冂之屬皆从冂。，古文冂。从口，象國邑。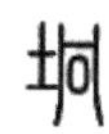，冋(ㄐㄩㄥ)或从土。」綜合字形與字義，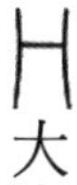大半是象豎立在郊外的牌樓建築的形象。也因為字形太過簡單，後來寫成坰(ㄐㄩㄥ)字。

市 ㄈㄨˊ fú（芾）

金文的銘文常見賞賜給臣下的項目中有玄衣赤市。市常與佩的零件朱黃、幽黃等一道頒賜。市字作❶等形，像一幅蔽膝掛在腰帶上的形狀。

《說文》：「市，韠（ㄅㄧˋ）也。上古衣蔽前而已，市以象之。天子朱市，諸侯赤市，卿大夫蔥衡。从巾。象連帶之形。凡市之屬皆从市。韍，篆文市。从韋、从犮。俗作紱。」解釋得非常正確。

蔽膝最早是以皮革製作，是基於牧人工作的需要。捕捉、擁抱家畜時，需要有東西保護下身以及膝蓋，避免擦傷。周族原是以游牧為

❶

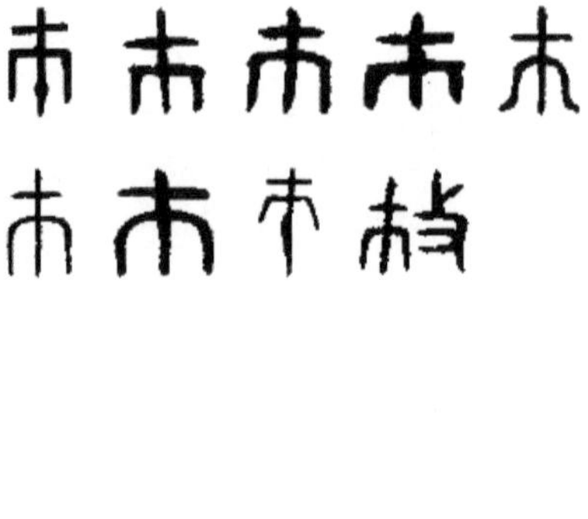

業的，打敗商朝進入中原地區後，雖然改為定居的農耕生活，但舊日傳統仍然存在，就引進蔽膝成為禮服，改用絲帛材質，成為象徵性的裝飾。這是貴族行禮時的服飾，一些西周時代的玉雕就有這樣的形象。（如左圖）

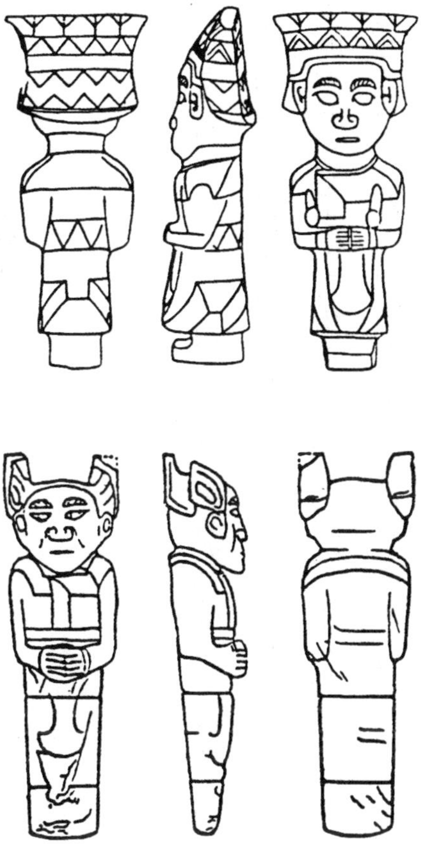

西周的玉雕人像
腰前所繫的斧形物即為芾。

爽 ㄕㄨㄤˇ shuǎng

金文有個爽字❶，一個大人身上兩旁有井字形的符號。《說文》：「，明也。从㸚ㄌㄧˇ、大。，篆文爽。」沒有解釋為何這個圖形有明爽的意義。《說文》有稀字，「，疏也。从禾，希聲。」但是希字的解釋遺失了。從小篆的形象看，希字應該是表達一條巾上的紡織線條不是很稠密，而是稀疏可見孔目。

從這個字，可以推論爽字表現一個人身上穿的衣服，紡織的孔目稀疏粗大，這種衣服透氣，夏天穿起來非常舒暢涼爽，所以有爽快的意義。

❶

一般人穿的衣服，材料是麻類植物纖維紡織的；貴族穿的衣服，材料是價格高昂的蠶絲。但是在炎熱的夏季還是穿著麻料的衣服比較舒服。

8

衣

服制與飾物

司馬遷《史記》記載的中國歷史，從黃帝開始有人為制度的王朝。黃帝以前，是所謂創物的聖人時代。甲骨文的聖字❶，一個人有個大耳朵，善於分辨口所發出來的聲音的樣子。這個字特別把耳朵標示出來，表明有特殊的聽力，強調天賦的本領。

金文的聖字❷，人身上加了一點筆畫。《說文》：「聖，通也。从耳，呈聲。」又把人身跟耳朵分離，以致於被誤會為形聲字。

戰國末年的《考工記》說：「知者創物，巧者述之、守之，世謂之工。百工之事，皆聖人之作也。鑠金以為刃，凝土以為器，作車以行陸，作舟以行水，此皆聖人之所作也。」這些聖人陸續發明各種改善人們生活的勞動方法和器物，為以後國家組織的建立提供必需的物質基礎，但是他們都還未觸及政治需要的種種人為制度。因此在不少傳說中，這些早期聖人被描寫成半人半獸的神物，或未穿著文明產物

❶

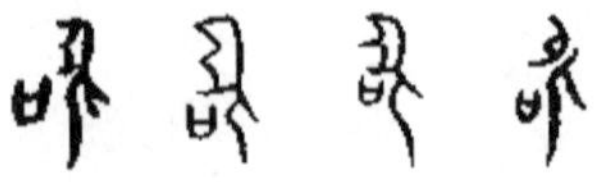

❷

的衣冠，表示他們還處於野蠻時代。黃帝以後的帝王，則穿戴文明的衣冠，配帶玉珮。

傳說黃帝始創服制，開始以腰帶束緊衣服，並以之做為不同階級的標記。《禮記．玉藻》說「凡帶必有佩玉」。玉珮是帶上的懸掛物，很可能黃帝所創的服制，就是以璜珮區分階級，強固社會秩序。考察這位第一個穿戴帝王衣冠的人物，為什麼被稱為黃帝，是個有趣的課題。

黃 ㄏㄨㄤˊ huáng

甲骨文的黃字❶，作一組掛在腰帶上的成組的玉珮形狀。中間的圓圈是主體的環璧，可以用一個圓形的璧或三個彎曲的玉璜圍成圓形。上面是接近腰帶的玉璜，下面是衡牙以及玉璜一類的垂飾。這個字的本義是璜珮，後來也假借為黃的顏色。

金文字形❷大致不變。《說文》：「，地之色也。从田，炗（ㄍㄨㄤ）聲。炗，古文光。凡黃之屬皆从黃。，古文黃。」沒有看出是一組玉珮的形象，而解釋為從古文的光字聲韻。

黃帝的命名有何特殊意義呢？

❶

❷

歷來以為黃帝的取名，來自順應土德而崇尚黃色的陰陽五行學說。西周的人開始想像宇宙是由木、火、土、金、水等五種物質構成。發展到戰國晚期，鄒衍把這些種種物質，配合東、南、中、西、北五個方向，青、赤、黃、白、黑五種顏色，春、夏（孟夏、季夏）、秋、冬四季，認為這些元素很有系統的，依次序輪番主宰宇宙，從而影響人間政治的更替。為政者需要當運才能成功，否則就會遭遇敗亡。

《周易》的坤卦六五，有「黃裳元吉」的句子。本來的意義是配了璜珮的衣裳大大的吉利，卻被誤解為黃色的衣裳大吉大利。根據陰陽五行學說，黃與土、中央相配合。黃是最高貴的顏色，土是穀物最倚重的物質，中是臨制四方最適宜的位置。黃帝既然是五帝中最偉大的，當然要坐鎮中央，穿起黃色的衣裳了。因此以為古人有意以黃的顏色來命名歷史上的第一位帝王。

五帝之中，只有黃帝是以顏色命名的。黃帝的名字出現在鄒衍的五德相勝學說以前，所以黃帝的命名原先不會是因為他順應土德的運勢。

自新石器時代以來，人們普遍喜愛光鮮的紅色和黑色，也以之做為尊貴者的裝飾顏色。戰國時代的人大概根據周代尚赤的事實，應用五行相生相勝的新理論，附會黃帝的名字，推演上古各個朝代所應崇尚的顏色，才得出黃帝取名是因為順從土德、尚黃的結論。

人類進入以園藝農業維生的時代，有些人擁有的財富比大多數人多，漸漸形成階級社會，貴族階級以穿戴某些難獲得的動物皮毛、爪牙，或裝飾金玉、貝羽等東西，顯示其權威及特殊身分。當時在中原，玉是稀有貴重的，貴族階級才有能力擁有。玉的色彩美麗，表面溫潤光澤，質地堅實。如果磨製成薄片並將之串聯成組，佩在身上，行動趨走之際還會相互撞擊，發出清脆悅耳的聲音。用玉製作璜珮，還有節制步伐、增加肅穆氣氛的效果，很能表現統治階級不事生產、優閒儒雅的形象。

腰際懸掛成組的貴重玉珮，顯然會妨礙勞動，也不利於激烈的軍事行動，自然是不事勞動、優閒的人才適合穿的服飾。它如此不便，貴族卻要穿戴它，一定有原因或目的。《後漢書．輿服志下》就曾以為，「威儀之制，三代同之。五霸迭興，戰兵不息。佩玉戰器，韍(ㄈㄨˊ)非兵旗。於是解去韍佩，留其係璲(ㄙㄨㄟˋ)，以為章表。」猜測「佩玉」原是戰爭器物，把兵器改變為禮器使用，最重要的目的在昭告人們「和平不戰」的用心。

《史記．周本紀》說周武王於克殷後，「縱馬於華山之陽，放牛於桃山之虛，偃干戈，振兵釋旅，示天下不復用也。」可見在安邦定土，天下一統以後，表示不再用兵的舉動，是重要的政治技巧。《孔子家語》：「黃帝與炎帝戰，克之，始垂衣裳，作黼黻。」即強調創制不便作戰跳躍的垂地長衣裳，以及費工在衣服上刺繡，其時機就是在戰後，亦即人民亟需和平以事養息、生產的時候。

玉珮的重要零件璜，是龍山文化早期才開始大量出現的，正是社會階級開始分化、演進到確立的時期。時代約在四千八百年前，與傳說黃帝的時代約略一致，社會背景也相當。

黃帝於戰後創立服制，於帶上懸吊玉珮增飾，以顯示其優閒與地位，很符合時代背景。因此我們認為，玉珮與不戰的思想有直接關係。

後人命名這位創建制度的君王為黃帝，就是因為他以璜珮來表示不戰的用心，並以之區分階級，強固社會秩序。這種解釋，比起「黃色最為尊貴」合理得多，而且也充分表現其時階級分立的時代特色。

帶 ㄉㄞˋ dài

中國古代的衣服沒有鈕扣，是用帶子束緊衣服。玉珮為懸掛在衣帶上的高貴裝飾物，是周代常見賞賜下屬的物品，但少見帶字。

金文有一形，上半部作衣服的腰部被帶子束緊後呈現皺褶形象，下半部是衣服的下襬佩帶有成串的玉珮形象。《說文》就是如此解釋的：「，紳也。男人鞶（ㄆㄢˊ）帶，女人帶絲。象繫佩之形。佩必有巾，从重巾。」

《禮記．內則》記載：「子事父母，……左佩紛帨（ㄕㄨㄟˋ）、刀、礪、小觿（ㄒㄧ）、金燧，右佩箴、捍管、遰（ㄉㄞˋ）、木燧。……婦事舅姑如事父母，……左佩紛帨、刀、礪、小觿、金燧，右佩箴、管、線、纊(ㄎㄨㄤˋ)、施鞶袠(ㄓˋ)、大觿、木燧。」說明帶子不但可以用來束緊衣服，也可用來攜帶工具以及裝飾物件。所以，帶字又引申有攜帶的意思。

帶子的功用很多，工作的時候可攜帶工具，作戰的時候可以攜帶武器，行禮的時候可佩帶玉器，平日家居則佩帶日常生活的小用具以及拭擦髒污的佩巾。

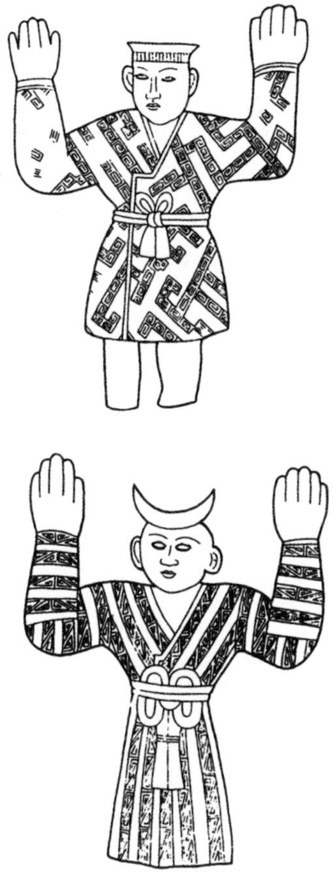

春秋時期衣上束有腰帶的陶人像。

佩 ㄆㄟˋ

pèi

金文佩字❶，左邊是一位站立的人形，右邊表現一個寬帶下有佩巾的形象。《說文》：「，大帶佩也。从人、凡、巾。佩必有巾，故从巾。巾謂之飾。」沒有解釋凡字就是寬帶的形象。

上文所引《禮記・內則》，平日家居，男子與女子所佩的工具有些不同，但都有拭擦髒污的巾，所以佩字可能是男女共同佩帶的手巾。不過，字形所表現的帶子有相當寬度，這是貴族的服裝。貴族帶上所佩帶的以玉珮為最尊貴，很可能佩字形的帶子掛的東西是玉珮，只是字形似巾而已。

❶

腰際佩帶玉器之初，形制一定頗為簡單，只選擇一兩件串繫以佩帶，顏色單調，形式也簡單。後來的裝飾形制就愈來愈複雜、講究了。到了東周時代，已重視成串玉片的排列組合，不但講求大小高低成組，而且也注意顏色的調和。

玉珮組合的形式多樣，基本形制可以從《大載禮記．保傅》看出：「下車以佩玉為度，上有雙衡，下有雙璜衝牙，玭（ㄆㄧㄣˊ）珠以納其間，琚（ㄐㄩ）瑀（ㄩˇ）以雜文。」中間是主體的圓璧形玉珮，上面有橫形玉片，下面有兩件彎曲形的玉璜，以及上頭所連綴的尖形衝牙，還間雜有紅顏色的琚和白色的瑀的圓珠。走起路來，這些玉片與珠子相互撞碰，發出鏗鏘的悅耳聲響，五彩繽紛擺動，真是美麗優雅已極，只有少數不從事生產勞動的貴族才用得著這些東西。

帶鉤

東周時代，尤其是戰國時期，流行在束衣的帶子上又繫上一條皮帶。皮帶兩端分別有帶鉤與環，用來扣緊皮帶、卡在腰上。一般人家以鐵、石、骨，木、陶等材料製作，因為它是很顯著的飾物，所以有錢人往往以最昂貴的金、銀、玉、玻璃等材料製作或裝飾。有長達四十六公分的，一般是十公分上下。鉤體有弧度，適合腹部的彎度。

考古發現，帶鉤的普及，是從三晉與關中的中原地區，逐漸向四周擴散。而同時代的游牧地區很少發現這一類的服飾。推測帶鉤應該是順應生活需要而發展起來的東西。但是漢代卻有犀比、犀毗(ㄆㄧˊ)、胥紕(ㄆㄧˊ)、私紕頭等顯然是外來譯音的名稱，原因待考察。

帶鉤的優點是只要稍微吸氣，就可快速戴上、取下。缺點是皮帶的長短要依個別腰圍而設，身材變了就不便使用。西周以來，越來越多使用銅劍，春秋時代已成為貴族普及的裝飾用品。銅劍懸掛在皮革的帶上，家居時不佩帶，外出時才加到絲織的腰帶上。帶鉤最先只是實用的物品，所以早期的都短小粗陋。到春秋晚期普遍使用帶鉤時，才有大量以顯示為目的而製作的精美大型帶鉤。西晉規定上殿以木劍取代銅或鐵劍，因攜帶重物而發展起來的帶鉤就逐漸被更為方便的帶扣取代了。

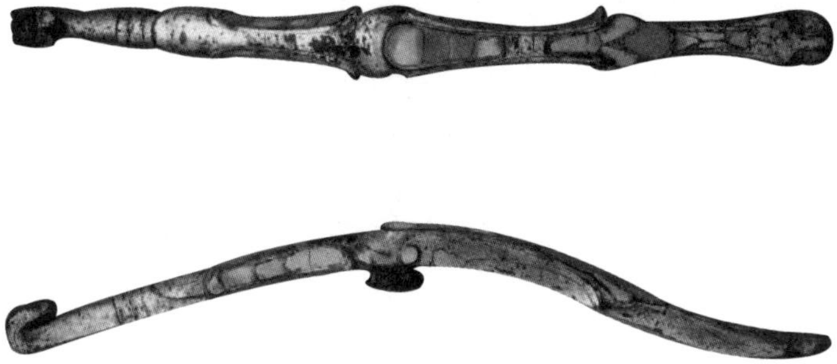

鎏金嵌鑲綠松石銅帶鉤
長 20.5 公分，
戰國，西元前 403 至前 221 年。

戰國及漢代，在大帶之上加佩劍的鞶帶形象。

嬰 ㄧㄥ yīng

愛美是人類的天性，也是進步的象徵，表示人們有餘閒從事覓食以外的思考了。打扮自己使看起來更為美麗，是人類獨有的行為。在還沒有穿用衣服以前，人們就曉得把東西串連起來，繞著頸項懸掛在胸前，裝飾自己的身體。起碼在三、四萬年前，人們已使用頸飾。山頂洞人遺址發現一百三十多個穿孔的小東西，顯然就是懸掛在胸前的裝飾物。

黃帝始創服制，在腰間佩帶玉珮，以表示高貴的身分以及不戰、讓人民安心生活的用心，人們也漸漸不在頸上懸掛裝飾物了。但透過文字可以發現，在某個地方還保留這種古老習慣。金文有一個做為族徽的嬰字❶，一串貝圍繞著頸子均衡的懸掛著的形狀。《說文》有兩個字應該就是由這個字演變來的。《說文》：「，頸飾也。从二貝。」、「，繞也。从女、賏ㄧㄥ。賏，貝連也，頸飾。」

金文的族徽文字，學者認為保留了更為古老的文字形式，後來成為日常使用的文字。銅器的銘文有一個金文的嬰字，一個貝在一位婦女的上面，這應該是因為頸飾已成為女性的服飾，所以簡省寫成了兩個貝在女字之上的文字形式，又再簡省成一貝一女的字形。

頸飾是圍繞而懸掛在頸部的，所以嬰字引申有圍繞的意義。文字又分解，成為賏字為頸飾，嬰字為圍繞的意義。商代的雕塑人像還沒有頸飾的例子，而位於西邊的齊家文化，項鍊多出於小孩或婦女的墓葬。有可能在中原地區，後來連婦女也不戴頸飾，只流行於孩童，所以後來嬰字成為孩童的意義。

❶

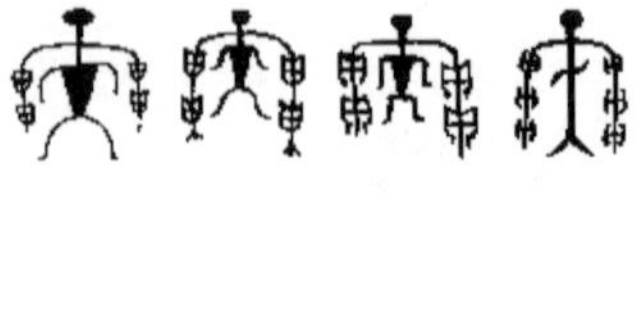

冒（帽） ㄇㄠˋ mào

古代男女日常使用笄把頭髮固定住，女性或又加上其他裝飾物，暴露頭髮。行禮或辦公事的時候，男性戴頭冠，庶民則暴露黑髮，所以有黔首（指一般百姓）的名詞。由於身體的熱量可經由頭部排散，溫度愈低，頭部排散的熱量愈大，所以頭部在冬天更要保暖，以免失溫。冬天的時候，就需要有東西覆蓋頭部保持溫暖，這個覆蓋物稱為帽。

帽字的最早字形是冃ㄇㄠˋ。甲骨文的冃字①，作一頂小孩的帽子形。最上部分是裝飾物，中間是容納頭部的帽子本體，最下的兩側是保護耳朵的護耳。這是俗稱老虎帽的小孩子的冬天帽子。民間以老虎為小

①

孩的保護神，所以頂上還裝飾老虎的耳朵形象。小孩子最常戴帽子，所以就畫小孩的帽子作為代表。

這個字的演化，首先簡省的是護耳部分，再簡省頂上的裝飾耳朵。這樣就容易和別的字混淆，所以在帽子底下加上表示頭部的眼睛，而成為冒字。金文的冒字。冒字常使用為冒險、冒失、冒化等意義，所以別造從巾的帽字。

《說文》：「，小兒及蠻夷頭衣也。从冂。二，其飾也。凡冃之屬皆从冃。」

甲骨文冃字雖然已演化成為帽字，其字形在後來的文字中也有遺存。《說文》：「，柔韋也。从北、从皮省，夐省聲。凡甍之屬皆从甍。讀若耎ㄖㄨㄢˇ。一曰若儁ㄐㄩㄣˋ。，古文甍ㄖㄨㄢˇ。，籀文甍。从夐省。」

這個柔軟的小篆字形，最上部就是甲骨文的肙字，下半部則作手拿一塊軟皮的形象，就是甲骨文的㞋ㄋㄢˇ字  的形象。《說文》：「，柔皮也。从尸、又。又，申尸之後也。」

對於這兩個字的字形，《說文》解釋都不對。甍字的創意是，軟皮是製作小孩的帽子的材料。《說文》所謂的從北，其實是小孩帽子的裝飾耳朵。現在有了甲骨文的字形，才能理解甍（軟）字的創意。

履 ㄌㄩˇ lǚ

鞋子是現代人不可或缺的，可是有很長的時間，鞋子對很多人來說仍是可有可無。我們可能見過穿衣、載帽而沒有穿鞋的半開化部族，卻不曾見過有穿鞋而不穿衣、載帽的社會。可見鞋子是有帽子以後，更為文明社會的產物。

當初到底因何而創造鞋子，是一個值得探索的問題。鞋子的最初功用，應是保護腳不受傷。但事實上人和其他動物一樣，腳是為走路而生，人類赤腳走路有幾百萬年的歷史，腳部皮膚自會硬化，不會輕易受傷，也不會突然為了保護腳而興起穿鞋的念頭。

古人稱呼鞋子為履或為屨。金文的履字❶，一人的腳上穿著一隻像是舟形的鞋子狀。古代的鞋子外形像一隻舟船。如果只簡單畫一隻鞋子的形狀，就和舟字混淆，所以要加上人穿鞋的樣子。但是這位穿鞋的人卻特別強調有眉目細節的頭部形狀。

在古文字，把人的眼睛也畫出來，基本都是與貴族或巫師的行為有關。創造文字的人不嫌麻煩的把頭部眉目特徵描畫出來，一定是為了要表現穿鞋者是何種人的服飾，否則畫個簡單的人形就夠了。《說文》：「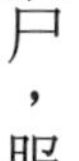，足所依也。从尸，服履者也。从彳夊，从舟，象履形。一曰尸聲。凡履之屬皆从履。，古文履从頁从足。」並沒有說中創意的重點。

《釋名．衣服》：「履，禮也。飾足所以為禮也。复（複）其下曰舄。舄，臘也。行禮久立，地或泥濕，故复其末使干臘也。」這段記

❶

載為大家解開了疑惑，說出製作鞋子的原因，是為了行禮時需要在潮溼的泥地上站立長久，所以要穿鞋子保護腳，避免潮溼之氣。金文的字形 ，包含有水的部分，大概就是表達有利於在泥溼的土地上行走。

前 ㄑㄧㄢˊ qián、湔 ㄐㄧㄢ jiān

穿用鞋子的演進過程，大概可做這樣的假設：很多社會都有保持廟堂等莊嚴場所乾淨的習慣。很可能起先在進入廟堂之前，有洗去腳上污穢，以免侮慢神靈的習俗。甲骨文的前及湔字❶都是一隻腳在有把手的盤中洗滌的樣子。簡略的寫法，有省略盤子的把手，以及水滴的字形。繁複的字形則加一個行道，表達鞋子是在路上行走用的。這個字除了洗腳的本義以外，還有先前、某事之前的意義，可能引申自從事某事之前必須洗腳的習慣。

上廳堂行禮之前要洗腳，也是其中一個習慣。金文的前字❷，盤子的形象已大大的訛變，成了像是舟字的字形了。所以《說文》：

❶

❷

「歬，不行而進謂之歬ㄑㄧㄢˊ。从止在舟上。」、「湔，湔水。出蜀郡綿虒玉壘山東南入江，一名三危山。東南入江。从水，前聲。一曰：湔，半澣ㄏㄨㄢˇ也。」誤解以為表現人的腳在船上，船就戴著人前進，所以有前進的意義。不過，湔的另一意義半澣（洗），倒是可以作為前字的創意與洗腳有關的證據。

我們可以想像，因為登上禮堂之前要先將腳上的污穢洗乾淨。臨時洗腳恐怕有點匆促，為了方便起見，後來就事先以皮革包裹已洗乾淨的腳，行禮的時候才拿掉這塊皮革。為了避免每次都得繫綁和解開皮革的麻煩，這塊臨時的皮革就慢慢發展成為依照腳的形狀縫的鞋子。

在古代，禮敬神靈的儀式只有貴族才有資格參加，所以履字就特別畫出眉目來，強調穿用鞋子的人，是有頭有臉的貴族階級。

不但行禮敬神時要以赤足表示虔誠的態度，一般作息，在上堂之前也要先脫下鞋子。《禮記．曲禮》：「侍坐於長者，履不上於堂。解履不敢當階。」說明上廳堂之前要先脫鞋子，而且還不能面對著臺階脫。如果不脫鞋襪就登上廳堂，在當時會被認為是大不敬的行為。

《春秋》哀公二十五年就記載了一個相關的故事：「衛侯為靈台于藉圃，與諸大夫飲酒焉。褚師聲子襪而登席，公怒。辭曰：『臣有疾異於人，若見之，君將㱿之，是以不敢。』公愈怒。大夫辭之，不可。褚師出，公戟其手，曰：『必斷而足。』」（衛侯在藉圃建造靈臺，與眾大夫在那裡設宴飲酒。褚師聲子穿著襪子而登上席次，衛侯因此發怒。褚師聲子辯解說：「臣下的腳有毛病而與常人不同，如果讓君上見了，將會嘔吐，所以不敢脫下襪子。」衛侯更加生氣。褚師再解釋，還是得不到諒解。褚師離去的時候，衛侯一手插著腰憤怒的說：「必定要斬斷你的腳。」）從衛侯咬牙切齒，誓言有一天要砍斷褚師聲子的腳，可見嚴重的程度。

在普遍穿著鞋襪的時代，赤足是一種虔敬的表示。《隋書·禮儀志》：「極敬之所，莫不皆跣。」所以在待罪或認罪的情況下，就要赤足而免去冠冕。後來大概覺得赤足行禮不雅，就縫製襪子。所以《禮記·少儀》說：「凡祭於室中堂上，無跣。燕則有之。」行禮要求雅觀，所以需要穿襪子。宴會則要求舒服，所以脫去鞋襪。

執燈的奴隸像，皆赤足，多於饗宴時執燈。

後記

《字字有來頭》第三冊與第四冊的主題是日常生活有關的字，第三冊介紹食與衣，第四冊則會介紹居住及行動有關的字群。

居住相關的內容，大致分成幾個主題：是住家地點的選擇——因應人口增加，逐漸從山上移居到有寬廣的平地上。其次是住家的建築，隨着建築技術的改進，慢慢由半地下升到地面上，外型也從圓形演變為矩形，而高度也提高到兩層以上的樓臺。接著，為了生活的方便與舒適性，而有各種各樣的設備與裝飾。後來更演變為，將休閒的園林也引進住家來，更有燈火與燻香，使全天都有亮光與香氣。

與行動相關的內容，是人類極為必要的，不論是尋找食物、交換有無，或拜訪友人，各種的活動都需要用腳步走動。為了超越山川險阻，人們相繼發明車船、修建道路，得以迅速到達偏遠的角落，發現各種有益的物資，充實生活的內容。

從有關日常生活的主題——食衣住行的文字創造，不但讓我們了解古人生活的大概，更要佩服古人提升文明的睿智。

字字有來頭：文字學家的殷墟筆記 . 3, 日常生活篇 I, 食與衣 / 許進雄作 . -- 初版 . -- 新北市：字畝文化創意出版：遠足文化發行 , 2017.09
面；　公分 . -- (Learning ; 5)
ISBN 978-986-94861-5-6(平裝)

1. 漢字 2. 中國文字
802.2　　106014760

Learning005

字字有來頭 文字學家的殷墟筆記 03

日常生活篇 I 食與衣

作者　許進雄

字畝文化創意有限公司
社長　馮季眉
責任編輯　吳令葳
編輯　戴鈺娟、陳心方、巫佳蓮
封面設計及繪圖　三人制創
美術設計及排版　張簡至真

讀書共和國出版集團
社長　郭重興
發行人兼出版總監　曾大福
業務平臺總經理　李雪麗
業務平臺副總經理　李復民
實體通路協理　林詩富
網路暨海外通路協理　張鑫峰
特販通路協理　陳綺瑩
印務協理　江域平
印務主任　李孟儒

出版　字畝文化創意有限公司
發行　遠足文化事業股份有限公司
地址　231 新北市新店區民權路 108-2 號 9 樓
電話　(02)2218-1417
傳真　(02)8667-1065
電子信箱　service@bookrep.com.tw
網址　www.bookrep.com.tw

法律顧問　華洋法律事務所　蘇文生律師
印製　通南彩色印刷有限公司

2017 年 9 月 6 日初版一刷　2022 年 8 月初版五刷　定價：400 元
ISBN 978-986-94861-5-6　書號：XBLN0005